吉狄马加简介：

吉狄马加，彝族，诗人、作家、书法家。1961年生于四川大凉山。现任中国作家协会副主席、书记处书记，当代具有国际影响力的著名诗人，已在国内出版诗文集近20种，其作品还被翻译成30多种文字，在近50个国家或地区出版发行。曾获中国第三届新诗（诗集）奖、南非姆基瓦人道主义奖、国际华人诗人笔会“中国诗魂奖”、“2016欧洲诗歌与艺术荷马奖”、罗马尼亚《当代人》杂志卓越诗歌奖和布加勒斯特作家协会诗歌奖。2007年创办青海湖国际诗歌节，并担任组委会主席和“金藏羚羊”国际诗歌奖评委会主席。

吉狄马加自选诗

吉狄马加　著

云南出版集团
云南人民出版社

图书在版编目（CIP）数据

吉狄马加自选诗 / 吉狄马加著. -- 昆明 : 云南人民出版社, 2017.4

ISBN 978-7-222-16069-9

Ⅰ. ①吉… Ⅱ. ①吉… Ⅲ. ①诗集—中国—当代 Ⅳ. ①I227

中国版本图书馆CIP数据核字(2017)第070025号

责任编辑： 李　维　李　爽

装帧设计： 云南非鸟文化传播有限公司

封面设计： 亚　雄

责任校对： 姚实名

责任印制： 洪中丽

吉狄马加自选诗

JIDI MAJIA ZIXUANSHI

吉狄马加 著

出版　云南出版集团　云南人民出版社

发行　云南人民出版社

社址　昆明市环城西路609号

邮编　650034

网址　www.ynpph.com.cn

E-mail　ynrms@sina.com

开本　889mm×1194mm　1/32

印张　15.5

字数　280千

版次　2017年4月第1版第1次印刷

印刷　云南新华印刷一厂

书号　ISBN 978-7-222-16069-9

定价　48.00元

如有图书质量及相关问题请与我社联系

审校部电话：0871-64164626　印制科电话：0871-64191534

云南人民出版社公众微信号

目　录

吉狄马加的天空（代序）

〔阿根廷〕胡安·赫尔曼[1]

赵振江 译

声音依靠在三块岩石上
他将话语抛向火，为了让火继续燃烧。
一堵墙的心脏在颤抖
月亮和太阳
将光明和阴影洒在寒冷的山梁。
当语言将祖先歌唱
酒的节日在牦牛的角上
去了何方？
他们来自雪域
出现的轮回从未中断
因为他在往火里抛掷语言。
多少人在忍受
时间的酷刑
缺席并沉默的爱抚
在天的口上留下了伤痛。
于是最古老的土地

〔1〕胡安·赫尔曼（1930—2014），阿根廷当代著名诗人，拉丁美洲最伟大诗人之一，2007 年塞万提斯文学奖获得者。

复活在一个蓝色语汇的皱褶里。
恐惧的栏杆巍然屹立
什么也不会在死亡中死去。
吉狄马加
生活在赤裸的语言之家里
为了让燃烧继续
每每将话语向火中抛去。

2009年8月22日写于墨西哥城

自画像

风在黄昏的山冈上悄悄对孩子说话，
风走了，远方有一个童话等着它。
孩子留下你的名字吧，在这块土地上，
因为有一天你会自豪地死去。

——题记

我是这片土地上用彝文写下的历史
是一个剪不断脐带的女人的婴儿
我痛苦的名字
我美丽的名字
我希望的名字
那是一个纺线女人
千百年来孕育着的
一首属于男人的诗
我传统的父亲
是男人中的男人
人们都叫他支呷阿鲁
我不老的母亲
是土地上的歌手
一条深沉的河流
我永恒的情人
是美人中的美人

人们都叫她呷玛阿妞
我是一千次死去
永远朝着左睡的男人
我是一千次死去
永远朝着右睡的女人
我是一千次葬礼开始后
那来自远方的友情
我是一千次葬礼高潮时
母亲喉头发颤的辅音

这一切虽然都包含了我
其实我是千百年来
正义和邪恶的抗争
其实我是千百年来
爱情和梦幻的儿孙
其实我是千百年来
一次没有完的婚礼
其实我是千百年来
一切背叛
一切忠诚
一切生
一切死
啊，世界，请听我回答
我——是——彝——人

回答

你还记得
那条通向吉勒布特[1]的小路吗？
一个流蜜的黄昏
她对我说：
我的绣花针丢了
快来帮我寻找
（我找遍了那条小路）

你还记得
那条通向吉勒布特的小路吗？
一个沉重的黄昏
我对她说：
那深深插在我心上的
不就是你的绣花针吗
（她感动得哭了）

---

〔1〕吉勒布特：凉山彝族腹心地带一地名。

彝人谈火

给我们血液，给我们土地
你比人类古老的历史还要漫长
给我们启示，给我们慰藉
让子孙在冥冥中，看见祖先的模样
你施以温情，你抚爱生命
让我们感受仁慈，理解善良
你保护着我们的自尊
免遭他人的伤害
你是禁忌，你是召唤，你是梦想
给我们无限的欢乐
让我们尽情地歌唱
当我们离开这个人世
你不会流露出丝毫的悲伤
然而无论贫穷，还是富有
你都会为我们的灵魂
穿上永恒的衣裳

口弦[1]的自白

我是口弦
永远挂在她的胸前
从美妙的少女时光
到寂寞的老年
我是口弦
命运让我
睡在她心房的旁边
她通过我
把忧伤和欢乐
倾诉给黑暗
我是口弦
要是她真的
溘然离开这个人世
我也要陪伴着她
最终把自己的一切
拌和在冰冷的泥土里面
但是——兄弟啊——在漆黑的夜半
如果你感受到了
这块土地的悲哀
那就是我还在思念

〔1〕口弦：一种特殊的口琴，用三片黄铜制成，形状像鱼或蜻蜓的翅膀。

反差

我没有目的

突然太阳在我的背后
预示着某种危险

我看见另一个我
穿过夜色和时间的头顶
吮吸苦荞的阴凉
我看见我的手不在这里
它在大地黑色的深处
高举着骨质的花朵
让仪式中的部族
召唤先祖们的灵魂

我看见一堵墙在阳光下古老
所有的谚语被埋进了酒中
我看见当音乐的节奏爬满羊皮
一个歌手用他飘忽着火焰的舌头
寻找超现实的土壤

我不在这里，因为还有另一个我
在朝着相反的方向走去

老去的斗牛
——大凉山斗牛的故事之一

它站在那里
站在夕阳下
一动也不动
低垂着衰老的头
它的整个身躯
像被海浪啃咬过的
礁石
它那双伤痕斑斑的角
像狼的断齿

它站在那里
站在夕阳下
紧闭着一只
还剩下的独眼
任一群苍蝇
围着自己的头颅飞旋
任一些大胆牛虻
爬满自己的脸
它的主人不知到何处去了

它站在那里
站在夕阳下
这时它梦见了壮年的时候
想起火把节的早晨
它好像又听见头上的角发出动人的声响
它好像又听见鼻孔里发出远山的歌唱
它好像又嗅到了斗牛场
那熟悉而又潮湿的气息
它好像又感到一阵狂野的冲动
从那黑色的土地上升起
它好像又感到
奔流着的血潮正涌向全身
每一根牛毛都像坚硬的钢丝一般
它好像又听到了人们欢呼的声音
在夏日阳光的原野上
像一只只金色的鹿
欢快着奔跑着跳跃着
它好像又看见那年轻的主人牵着它
红色的彩带挂在了头顶
在高高的山冈
它的锐角挑着一轮太阳
红得就像鲜血一样

它站在那里

站在夕阳下
有时会睁开那一只独眼
望着昔日的斗牛场
发出一声悲哀的吼叫
于是那一身
枯黄的毛皮
便像一团火
在那里疯狂地燃烧

死去的斗牛
—— 大凉山斗牛的故事之二

你尽可以把他消灭掉，可就是打不败他。

——欧内斯特·海明威

在一个人们
熟睡的深夜
它有气无力地躺在牛栏里
等待着那死亡的来临
一双微睁着的眼
充满了哀伤和绝望

但就在这时它仿佛听见
在那远方的原野上
在那昔日的斗牛场
有一条强壮的斗牛向它呼叫
用挑战的口气
喊着它早已被遗忘的名字
戏弄着它，侮辱着它，咒骂着它
也就在这瞬间，它感到
有一种野性的刺激在燃烧

于是，它疯狂地向
那熟悉的原野奔去
就在它冲去的地方
栅栏发出垮掉的声音
小树发出断裂的声音
岩石发出撞击的声音
土地发出刺破的声音

当太阳升起的时候
在多雾的早晨
人们发现那条斗牛死了
在那昔日的斗牛场
它的角深深地扎进了泥土
全身就像被刀砍过的一样
只是它的那双还睁着的眼睛
流露出一种高傲而满足的微笑

母亲们的手

彝人的母亲死了，在火葬的时候，她的身子永远是侧向右睡的，听人说那是因为，她还要用自己的左手，到神灵世界去纺线。

——题记

这样向右悄悄地睡去
睡成一条长长的河流
睡成一架绵绵的山脉
许多人都看见了
她睡在那里
于是山的女儿和山的儿子们
便走向那看不见海的岸
岸上有一条美人鱼
当液态的土地沉下去
身后立起一块沉默的礁石
这时独有一支古老的歌曲
拖着一弯最纯洁的月牙
就这样向右悄悄地睡去
在清清的风中
在濛濛的雨里

让淡淡的雾笼罩
让白白的云萦绕
无论是在静静的黎明
还是在迷人的黄昏
一切都成了冰冷的雕像
只有她的左手还漂浮着
皮肤上一定有温度
血管里一定有血流

就这样向右悄悄地睡去
多么像一条美人鱼
多么像一弯纯洁的月牙
多么像一块沉默的礁石
她睡在土地和天空之间
她睡在死亡和生命的高处
因此江河才在她身下照样流着
因此森林才在她身下照样长着
因此山岩才在她身下照样站着
因此我苦难而又甜蜜的民族
才这样哭着，才这样喊着，才这样唱着

就这样向右悄悄地睡去
世间的一切都要消失
在浩瀚的苍穹中

在不死的记忆里
只有她的左手还漂浮着
那么温柔，那么美丽，那么自由

黑色河流

我了解葬礼，
我了解大山里彝人古老的葬礼。
（在一条黑色的河流上，
人性的眼睛闪着黄金的光。）

我看见人的河流，正从山谷中悄悄穿过。
我看见人的河流，正漾起那悲哀的微波。
沉沉地穿越这冷暖的人间，
沉沉地穿越这神奇的世界。

我看见人的河流，汇聚成海洋，
在死亡的身边喧响，祖先的图腾被幻想在天上。
我看见送葬的人，灵魂像梦一样，
在那火枪的召唤声里，幻化出原始美的衣裳。
我看见死去的人，像大山那样安详，
在一千双手的爱抚下，听友情歌唱忧伤。

我了解葬礼，
我了解大山里彝人古老的葬礼。
（在一条黑色的河流上，
人性的眼睛闪着黄金的光。）

头巾[1]

有一个男人把一块头巾
送给了他相爱的女人
这个女人真是幸运
因为她总算和这个
她真心相爱的男人结了婚
朝也爱
暮也爱
岁月悄悄流去
只要一看见那头巾
总有那么多甜蜜的回忆

有一个男人把一块头巾
送给了他相爱的女人
可这个女人的父母
却硬把她嫁给了一个
她从不认识的人
从此她的泪很多
从此她的梦很多

---

〔1〕头巾：在大凉山彝族地区有男人将头巾送给他的恋人做定情物的习俗。

于是她只好用那头巾
去擦梦里的灰尘

有一个男人把一块头巾
送给了他相爱的女人
或许由于风
或许由于雨
或许由于一次特大的山洪
彼此再没有消息
于是不知过了多少年
在一个赶集的路口
这个女人突然又遇见了那个男人
彼此都默默无语
谁也不愿说起过去
两个人的手中
都牵着各自的孩子

有一个男人把一块头巾
送给他相爱的女人
可能是一次远方的雷声
可能是一次初夏的寒冷
这个女人和一个外乡人走了
她想等到盛夏的傍晚就回来
可是回来已是冬天的早晨

从此她只好在那有月光的晚上
偷偷地数那头巾上的花格

有一个男人把一块头巾
送给了他相爱的女人
但为了一个永恒的等待
天说要背叛
地说要背叛
其实那是两条相望的海岸
尽管也曾有过船
醒着也呢喃
睡着也呢喃
最后有一天
这个女人死了
送葬的人
才从她珍藏的遗物中
发现这条头巾
可谁也没有对它发生兴趣
可谁也不会知道它的历史
于是人们索性就用这头巾
盖住死者那苍白的脸
连同那蜷曲的身躯
在那山野里烧成灰烬

做口弦的老人

这是谁的口弦在太阳下闪光，多么像蜻蜓的翅膀。

——题记

一

在群山环绕的山谷中
他的锤声正穿过那寂静无声的雾
音乐会溅落星星般的露珠
处女林会停止风中的舞步
那就让这男性的振动
在高原湖丰腴的腹部上
开始月光下
爱和美的结盟

二

他苍老多皱的手

是高原十二月的河流
流褐黄色的音韵
流起伏着的思绪
正缓缓地
剪裁金黄金黄的古铜

三

他的手里正游过一条自由的鱼
它两翼是古铜色的波浪
他举起高而又高的礁石
在和金色的鱼鳞碰撞
于是从他的童话世界中
将飞出好多好多迷人的蜻蜓

四

蜻蜓金黄的翅膀将振响
响在太阳的天空上
响在土地的山峰上
响在男人的额头上
响在女人的嘴唇上

响在孩子的耳环上
蜻蜓金黄的翅膀将振响
响在东方
响在西方
响给黄种人听
响给黑种人听
响给白种人听
响在长江和黄河的上游
响在密西西比河的下游
这是彝人来自远古的声音
这是彝人来自灵魂的声音

五

当月亮从大山背后升起
爱在山冈上岩石般站立
缠绵的蜻蜓
匆忙的蜻蜓
甜蜜的蜻蜓
到少女的胸脯上栖息
那些无声的喇叭花
独自对着星空呼吸

因为有了一对对金色的翅膀
爱在这块土地上才如此久长

六

假如土地上失去了金翅拍击的声音
假如土地上失去了呼唤友情的回音
那世界将是一个死寂的世界
那土地将是一片荒凉的土地
有什么比这更令人绝望
有什么比这更令人悲哀

七

人类在制造生命的蛋白质
人类在制造死亡的核原子
毕加索的和平鸽
将与轰炸机的双翼并行
从人类的头上飞过
飞过平原　飞过
飞过高山　飞过
飞过江河　飞过

飞过那些无名的幽谷　飞过
我们的老人已经制造了一万次爱情
我们的老人已经制造了一千颗太阳
看那些蜻蜓金黄的翅膀
正飞向每个种族的故乡

八

有一天他将默默地死去
为了永恒的爱而停止呼吸
那时在他平静的头颅上
会飞绕着一群美丽的蜻蜓
它们闪着金黄金黄的翅膀
这块土地上爱唱歌的彝人
将抬着他的躯体　走向
走向那千古不灭的太阳

彝人之歌

我曾一千次
守望过天空，
那是因为我在等待
雄鹰的出现。
我曾一千次
守望过群山，
那是因为我知道
我是鹰的后代。
啊，从大小凉山
到金沙江畔，
从乌蒙山脉
到红河两岸，
妈妈的乳汁像蜂蜜一样甘甜，
故乡的炊烟湿润了我的双眼。

我曾一千次
守望过天空，
那是因为我在期盼
民族的未来。
我曾一千次

守望过群山，
那是因为我还保存着
我无法忘记的爱。
啊，从大小凉山到金沙江畔，
从乌蒙山脉
到红河两岸，
妈妈的乳汁像蜂蜜一样甘甜，
故乡的炊烟湿润了我的双眼。

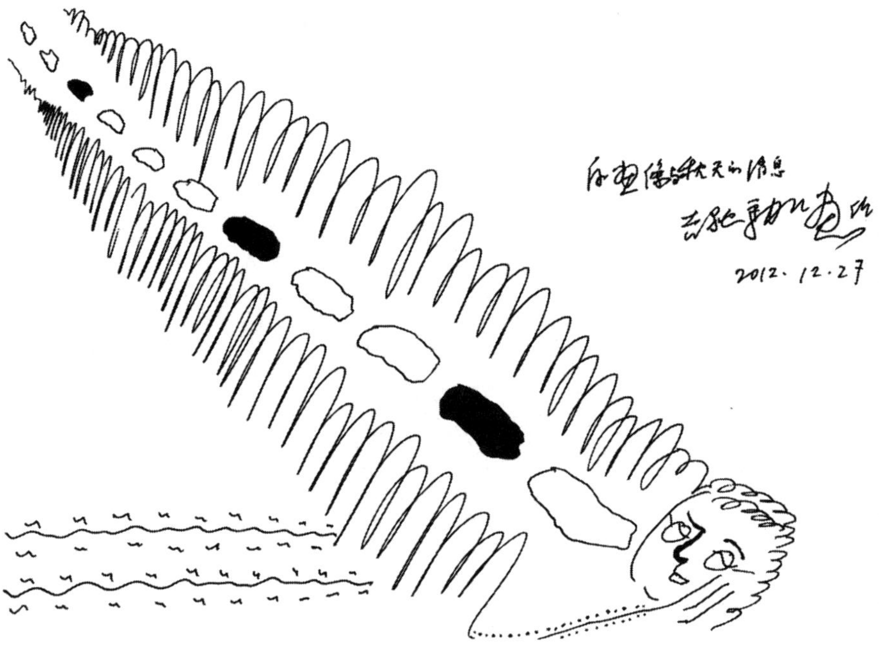
自画像与秋天的消息
2012.12.27

感谢一条河流

当我想念你的时候
我就会想到那一条河流
我就会想到河流之上的那一片天空
这如梦的让人心碎的相遇啊
为了这一漫长的瞬间
我相信，我们那饥渴的灵魂
已经穿越了所有的世纪
此时我才明白，我是属于你的
正如你也属于我
为了这个季节，我们都等了很久
这是上帝的意志？还是命运的安排？
为什么欢乐和痛苦又都一并到来
我知道那命定的关于河流的情结
会让我的一生充满了甜蜜与隐痛

致自己

没有小路
不一定就没有思念
没有星光
不一定就没有温暖
没有眼泪
不一定就没有悲哀
没有翅膀
不一定就没有谎言
没有结局
不一定就没有死亡
但是这一点可以肯定
如果没有大凉山和我的民族
就不会有我这个诗人

听《送魂经》

要是在活着的日子
就能请毕摩[1]
为自己送魂
要是在活着的日子
就能沿着祖先的路线回去
要是这一切
都能做到
而不是梦想
要是我那些
早已长眠的前辈
问我每天在干些什么
我会如实地说
这个家伙
热爱所有的种族
以及女子的芳唇
他还常常在夜里写诗
但从未坑害过人

〔1〕毕摩：彝族的文化传承者和原始宗教中的祭司。

理解

跟着我
走进那聚会的人流
去听竖笛和马布[1]的演奏
你一定会亲眼目睹
在每一支曲调之后
我都会深深地低下头

跟着我
但有一个请求
你可千万不能
看见我流泪
就认为这是喝醉了酒
假如说我的举动
真的有些反常
那完全是由于
这独特的音乐语言
古老而又美妙

〔1〕马布：彝族的一种原始乐器。

跟着我

你不要马上拉我回家

因为你还不会知道

在这样的旋律和音阶中

我是多么地心满意足

古里拉达[1]的岩羊

再一次瞩望
那奇妙的境界
其实一切都在天上
通往神秘的永恒
从这里连接无边的浩瀚
空虚和寒冷就在那里
蹄子的回声沉默

雄性的弯角
装饰远走的云雾
背后是黑色的深渊
它那童真的眼睛
泛起幽蓝的波浪

在我的梦中
不能没有这颗星星
在我的灵魂里
不能没有这道闪电
我怕失去了它
在大凉山的最高处
我的梦想会化为乌有

---

〔1〕古里拉达：大凉山地区一地名。

部落的节奏

在充满宁静的时候
我也能察觉
它掀起的欲望
爬满了我的灵魂
引来一阵阵风暴

在自由漫步的时候
我也能感到
它激发的冲动
奔流在我的体内
想驱赶一双腿
去疯狂地迅跑

在甜蜜安睡的时候
我也能发现
它牵出的思念
萦绕在我的大脑
让梦终夜地失眠

呵，我知道
多少年来
就是这种神奇的力量
它让我的右手
在淡淡的忧郁中
写下了关于彝人的诗行

催眠曲

——为彝人母亲而作

天上的雄鹰
也有站立的时候
地上的豹子
也有困倦的时候
妈妈的儿子
你就睡吧
（有一只多情的手臂
从那温暖的地方伸来
歌手沉重的额头
寂静如月光的幻影）

天上的斑鸠
也有不飞的时候
地上的獐子
也有停步的时候
妈妈的儿子
你就睡吧
（传说奇妙的故事
被梳理成少女的小辫

游戏在天黑之前
把梦想留在了门外）

天上的大雁
也有入眠的时候
地上的猎狗
也有打盹的时候
妈妈的儿子
你就睡吧
（远处的隐隐雷声
剩下的缠绵思念
小路再不会明白
那雨季过后的期待）

天上的太阳
也有下落的时候
地上的火塘
也有熄灭的时候
妈妈的儿子
你就睡吧
（等你早晨醒来
就会长成威武的勇士
假如你的妈妈
已经离开了这个人世

你可千万不要去
把她苦苦地找寻
因为她永远属于
这片黑色的土地）

天上的月亮
也有消隐的时候
地上的河流
也有沉默的时候
妈妈的儿子
你就睡吧
（星星爬上了天幕
山谷里紫色的微风
早已迷失了踪影
独有灵魂才能感到
那一种无声的忧郁）

感受

从瓦板屋顶飞过
它没有声音
还是和平常那样
微微地振动
融化在空气中

隐约在山的那边
阳光四处流淌
青色的石板上
爬满了昆虫
有一节歌谣催眠
随着水雾上升
迷离的影子
渐渐消失

傍晚的时候
打开沉重的木门
望着寂静的天空
我想说句什么
然而我说不出

黑色狂想曲

在死亡和生命相连的梦想之间
在河流和土地的幽会之处
当星星以睡眠的姿态
在蓝色的夜空静默
当歌手忧郁的嘴唇失去柔软
木门不再响动，石磨不再歌唱
摇篮曲的最后一个音符跳跃成萤火
所有疲倦的母亲都已进入梦乡

而在远方，在云的后面
在那山岩的最高点
沉睡的鹰爪踏着梦想的边缘
死亡在那个遥远的地方紧闭着眼
而在远方，在这土地上
千百条河流在月光下游动
它们的影子走向虚无

而在远方，在那森林里
在松针诱惑的枕头旁
残酷的豹忘记了吞食身边的岩羊

在这寂静的时刻
啊，古里拉达峡谷中没有名字的河流
请给我你血液的节奏
让我的口腔成为你的声带

大凉山男性的乌抛山
快去拥抱小凉山女性的阿呷居木山
让我的躯体再一次成为你们的胚胎
让我在你腹中发育
让那已经消失的记忆重新膨胀

在这寂静的时刻
啊，黑色的梦想，你快覆盖我，笼罩我
让我在你情人般的抚摸中消失吧
让我成为空气，成为阳光
成为岩石，成为水银，成为女贞子
让我成为铁，成为铜
成为云母，成为石棉，成为磷火
啊，黑色的梦想，你快吞没我，溶化我
让我在你仁慈的保护下消失吧
让我成为草原，成为牛羊
成为獐子，成为云雀，成为细鳞鱼
让我成为火镰，成为马鞍

成为口弦，成为马布，成为卡谢着尔[1]
啊，黑色的梦想，就在我消失的时候
请为我弹响悲哀和死亡之琴吧
让吉狄马加这个痛苦而又沉重的名字
在子夜时分也染上太阳神秘的色彩

让我的每一句话，每一支歌
都是这土地灵魂里最真实的回音
让我的每一句诗，每一个标点
都是从这土地蓝色的血管里流出
啊，黑色的梦想，就在我消失的时候
请让我对着一块巨大的岩石说话
身后是我苦难而又崇高的人民
我深信这千年的孤独和悲哀呵
要是岩石听懂了也会淌出泪来
啊，黑色的梦想，就在我消失的时候
请为我的民族升起明亮而又温暖的星星吧
啊，黑色的梦想，让我伴随着你
最后进入那死亡之乡

---

〔1〕口弦、马布、卡谢着尔：均为彝族的原始乐器。

岩石

它们有着彝族人的脸形
生活在群山最孤独的地域
这些似乎没有生命的物体
黝黑的前额爬满了鹰爪的痕迹
（当岁月漫溢的情感
穿过了所有的虚幻的季节
望着古老的天空和熟悉的大地
无边的梦想，迷离的回忆
只有那阳光燃成的火焰
让它们接近于死亡的睡眠
可是谁又能告诉我呢？
这一切包含了人类的不幸）

我看见过许多没有生命的物体
它们有着彝族人的脸形
一个世纪又一个世纪的沉默
并没有把他们的痛苦减轻

故土的神灵

把自己的脚步放轻
穿过自由的森林
让我们同野兽一道行进
让我们陷入最初的神秘

不要惊动它们
那些岩羊、獐子和花豹
它们是白雾忠实的儿子
伴着微光悄悄地隐去

不要打扰永恒的平静
在这里到处都是神灵的气息
死了的先辈正从四面走来
他们惧怕一切不熟悉的阴影

把脚步放轻，还要放轻
尽管命运的目光已经爬满了绿叶
往往在这样异常沉寂的时候
我们会听见来自另一个世界的声音

日子

我知道山里的布谷
在什么时候筑巢
这已经是很早的事情
要是有人问我
蜜蜂在哪匹岩上歌唱
说句实话
我可以轻松地回答
谈到蝉儿的表演
充满了梦幻的阳光
当然它只会在
撒荞的季节鸣叫
唉，一个人的思念
有时确也奇特
对于这一点我敢担保
假如命运又让我
回到美丽的故乡
就是紧闭着双眼
我也能分清
远处朦胧的声音
是少女的裙裾响动
还是坡上的牛羊嚼草

消隐的片断

有一天独坐
目光里密布着
看不见的阴影

许多事情
已经遗忘
对于一个人来说
这样的时候
并不是很多

情人的面孔
非常模糊
所有回想的地域
都飘满了白雾

有时
也想睁眼
看看窗外

或许意识的边缘

确有一片阳光
像鸟的翅膀

假如没有声音
总会听见
自己的心跳
空洞
而又陌生
似乎
肉体
并不存在

难道这就是
永恒的死亡？！

山中

在那绵延的群山里
总有这样的时候
一个人低头坐在屋中
不知不觉会想起许多事情
脚前的火早已灭了
可是再也不想动一动自己的身体
这漫长寂寞的日子
或许早已成了习惯
那无名的思念
就像一个情人
来了又走了
走了又来了
但是你永远不会知道
她是不是已经到了门外
在那绵延的群山里
总有这样的时候
你会想起一位
早已不在人世的朋友

苦荞麦

荞麦啊，你无声无息
你是大地的容器
你在吮吸星辰的乳汁
你在回忆白昼炽热的光
荞麦啊，你把自己根植于
土地生殖力最强的部位
你是原始的隐喻和象征
你是高原滚动不安的太阳
荞麦啊，你充满了灵性
你是我们命运中注定的方向
你是古老的语言
你的倦意是徐徐来临的梦想
只有通过你的祈祷
我们才能把祝愿之辞
送到神灵和先辈的身边
荞麦啊，你看不见的手臂
温柔而修长，我们
渴望你的抚摸，我们歌唱你
就如同歌唱自己的母亲一样

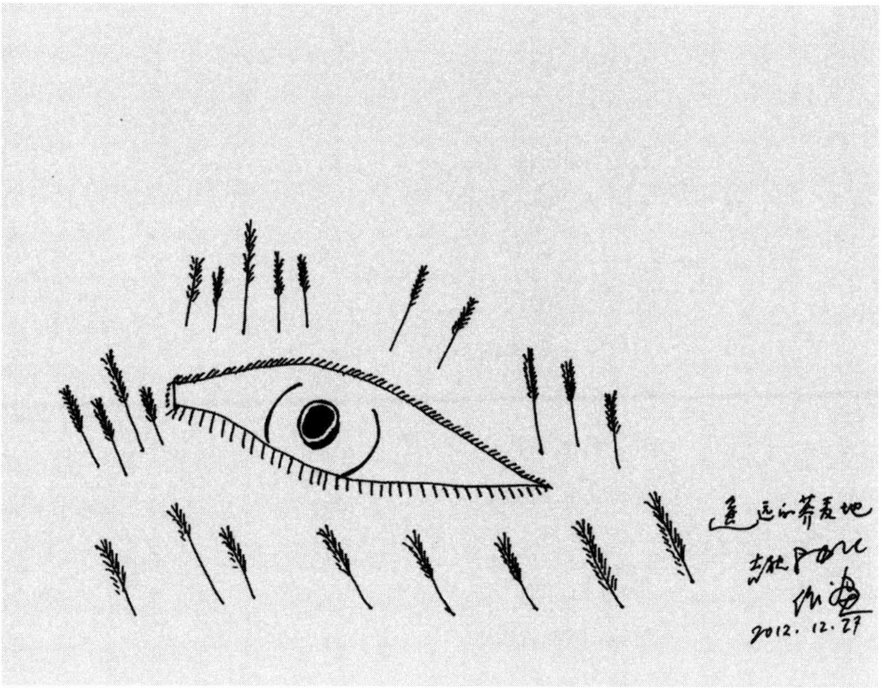
遥远的荞麦地
2012.12.27

被埋葬的词

我要寻找
被埋葬的词
你们知道
它是母腹的水
黑暗中闪光的鱼类

我要寻找的词
是夜空宝石般的星星
在它的身后
占卜者的双眸
含有飞鸟的影子

我要寻找的词
是祭司梦幻的火
它能召唤逝去的先辈
它能感应万物的灵魂

我要寻找
被埋葬的词
它是一个山地民族

通过母语，传授给子孙的
那些最隐秘的符号

看不见的人

在一个神秘的地点
有人在喊我的名字
但我不知道
这个人是谁？
我想把他的声音带走
可是听来却十分生疏
我敢肯定
在我的朋友中
没有一个人曾这样喊叫我

在一个神秘的地点
有人在写我的名字
但我不知道
这个人是谁？
我想在梦中找到他的字迹
可是醒来总还是遗忘
我敢肯定
在我的朋友中
没有一个人曾这样写信给我

在一个神秘的地点
有人在等待我
但我不知道
这个人是谁？
我想透视一下他的影子
可是除了虚无什么也没有
我敢肯定
在我的朋友中
没有一个人曾这样跟随我

毕摩的声音

——献给彝人的祭司之二

你听见它的时候
它就在梦幻之上
如同一缕淡淡的青烟
为什么群山在这样的时候
才充满着永恒的寂静
这是谁的声音？它漂浮在人鬼之间
似乎已经远离了人的躯体
然而它却在真实与虚无中
同时用人和神的口说出了
生命与死亡的赞歌
当它呼喊太阳、星辰、河流和英雄的祖先
召唤神灵与超现实的力量
死去的生命便开始了复活！

骑手

疯狂地
旋转后
他下了马
在一块岩石旁躺下

头上是太阳
云朵离得远远

他睡着了
是的，他真的睡着了
身下的土地也因为他
而充满了睡意

然而就在这样的时候
他的血管里
响着的却依然是马蹄的声音

马鞍

——写在哈萨克族诗人唐加勒克[1]纪念馆

这是谁的马鞍
它的沉默
为什么让一个
热爱草原的民族
黯然神伤！
它是如此的宁静
无声的等待
变成了永恒
仿佛马蹄的声音
也凝固成了石头
这是爱情的见证
它忠实的主人
策马跑过了世界上
男人和女人，最快乐的时光
它还在呼唤，因为它相信
骑手总有一天

〔1〕唐加勒克：我国现代哈萨克族著名诗人，曾被国民党反动派监禁，1947年病逝。

还会载誉归来
它是沉重的，如同牧人的叹息
一个崇尚自由的灵魂
为了得到人的尊严和平等
有时候可供选择的
只能是死亡！

初恋

童年。大人们说，
凡是孩子的脸都圆。
我去问妈妈，这是为什么呢？
妈妈只是伸手指了指月亮。
那月亮很圆，静静地睡在树梢上。
我想起了弟弟的蜻蜓网，
他怎么去网这样一个娴静的姑娘。
这时屋檐下，挂满了金黄色的玉米串，
我想起了少女的项链。
于是我们在树下捉迷藏，
于是我们在月下“抢新娘”[1]
不知为什么，每每我把她寻找，
她便悄悄走到我身旁，
化成了如水的月亮。
她的笑声，湿透了我的衣裳。
当有一天她长成了一棵白杨，
在原野上为了爱而歌唱。

---

〔1〕抢新娘：彝族姑娘出嫁时，男方家将派人来接，这时姑娘的同伴就要出来阻挠，而男方家的人为了得到姑娘，便进行“抢”，这是一个很欢乐的场面。

她骑上花花的马鞍。

可我不是她的新郎。

就在那天晚上，妈妈说我是大人了。

她叫我把那些穿不上身的小衣裳，

都让我给弟弟去穿。

可是我藏下了那件，

曾被笑声湿透的衣裳。

要去寻找那晚的月光，

只有在我的灵魂里。

我想起了弟弟的蜻蜓网。

他怎么去网这样一个娴静的姑娘。

最后的召唤

不幸，他安置的最后一支暗器，却射穿了自己的胸膛。

——题记

凡是黎明和黄昏的时候他都要到山里去
为了猎取豹，为了猎取祖先的崇高荣誉
当灵魂对着森林说话，他安下许多暗器
（听那些山里人说
他年轻的时候
名字嫁给了风
被送到很远很远
因为他
捕获了好多豹）

他是个沉默的男子汉，额头上写满历险的日记
只有在那欢乐溢满高原湖寂静的时候
他才用低低的鼻音，他才用沉沉的胸音
哼一支长长的山歌，那支歌弯弯又曲曲
让那些女人的心发颤，泛起无比的波澜
让那些女人的鼻发酸，比那黄昏的山岩更灿烂

他的头颅上有远古洪荒时期群山的幻影
他褐色的胸膛是充满了野性和爱情的平原
让那些女人在上面自由地耕种不死的信念
（听那些山里人说
这时他已经老了
但他执意要去
安最后一次暗器
击中一只豹
听那些山里人说
那天他走向山里
正是黄昏的时候
他独自哼着歌曲
这次他真的是去了
从此再没有回来
后来人们才发现
他死在了安暗器的地方
那最后一支暗器
射穿了他的胸膛）

他倒下了很像一块星光下充满了睡意的平原
他睁着眼正让银河流出一些无法破译的语言
让他死去的消息像一棵树在山顶上站立吧
让那些爱他的女人像太阳鸟在树上栖息吧
一个关于男子汉的故事将在那大山里传开

尽管命运有时给人生穿上这样残酷的衣裳
（听那些山里人说
他的确是死了
只是在他死去的地方
不知过了多少年
有一个死去的女人
在那里火葬）

梦想变奏曲

假如我是世上最后一个猎人
那么我将站在地平线上
对着那孤独的森林
举枪
（这是最后一支枪
枪里还有最后一颗子弹）

我看见最后一只母鹿
我看见最后一只獐子
我看见最后一只松鼠
全竖着双耳
在听最后死亡的一响
但我终于——
没有开枪
因为我——
听见了身后
有人的声音
以及——
涨潮的海洋
于是——

我转过身
看见一颗古老的太阳
太阳的影子里
有我命运的形象
这时我放下了枪
在那死亡的最前方

当然从那一天以后
生命的交响
又将充满整个大森林
我会看见那颗子弹上
开满紫色的花
我会听见那枪筒里
大自然和人
对情话
而我，将听见命运的呼唤
走向——
永恒的群山
听见一位老人说在那里
沉睡着的是我的祖先

题纪念册

是的，
是我听见了她的最后
一句话语。
——题记

这是你的纪念册
你要我题上一个人的名字
当然是一个伟大的灵魂
（那么请让我说明一下
因为这个陌生的名字
对你很遥远
对我却不平常
因为我至死也不能忘记）
她曾经
是一个少女
就在她换裙[1]的那个黄昏
她悄悄地哭了
不知为什么

〔1〕换裙：彝族少女到了一定年龄，就要举行换裙仪式，表明从那一天以后，少女已经到了成熟的年龄。

总之她是哭了
那年她十五岁
她嫁人了
是骑着一匹白马走的
山那边一个牧羊汉追来了
送了她一条头巾
听人说
她年轻时很风流
听人说
她年轻时很漂亮
更多的人说
她是一个最善良的姑娘
接着她当了母亲
生了一群孩子
可丈夫却是个醉鬼
那年她三十五岁
她常常爱大笑，那笑声很真挚
有一个女人难产
她去为她壮胆，可那女人还是死了
就在那一年冬天
她抱着一个拾来的孩子
在门前折断了右腿
那时她五十岁
后来她真的老了

常常在火塘边
为孩子们讲故事
有一年的夏天
那是一个长长的夏天
她正讲着讲着
就如梦地死去
只有那个睡在她怀里的孩子
才听清了最后的话语
这是一个星光灿烂的夜晚
那一天她刚好七十岁
她的名字：
吉克金斯嬷[2]
她的最后一句话：
孩子，要热爱人

〔2〕吉克金斯嬷：彝族妇女常用名。

一支迁徙的部落
——梦见我的祖先

我看见他们从远方走来
穿过那沉沉的黑夜
那一张张黑色的面孔
浮现在遥远的草原
他们披着月光编织的披毡
托着刚刚睡去的黑暗
当一条深沉的
黑色的河
从这土地上流过
在那黑暗骚动的群山上
总有一双美丽的眼睛
——无畏地关闭
可祖先的图腾啊
照样要高高地举起
尽管又一个勇敢的酋长
在黎明时死去

(我看见一个孩子站在山冈上
双手拿着被剪断的脐带

充满了忧伤）

我看见他们从远方走来
那些脚印风化成古老的彝文
有一部古老的史诗
讲述着关于生和死的事情
可那些强悍的男人
可那些多情的女人
在不屈的头颅和野性的胸脯上
照样结满诱人的果实
当那些神秘的实物
掉落在大地上时
远方的处女林会发出
痛苦而又甜蜜的回音
于是这土地的子宫里
便有一棵黑色的树
在疯狂地生长
尽管有一对不幸的情人
吊死在这棵树上

（我看见一个孩子站在山冈上
双手拿着被剪断的脐带
充满了忧伤）

我看见他们从远方走来
头上是一颗古老的太阳
不知还有没有黄昏星
因为有一个老人在黄昏时火葬了
这时只有那荒原上
还有一群怀孕的女人
在为一个人的诞生而歌唱
当星星降落到
所有微笑的峭壁上
永恒的黄昏星还在那里闪耀
有一天当一支摇篮曲
真的变成了相思鸟
一个古老的民族啊
还会不会就这样
永远充满玫瑰色的幻想
尽管有一只鹰
在雷电过后
只留下滴血的翅膀

（我看见一个孩子站在山冈上
双手拿着被剪断的脐带
充满了忧伤）

黄昏的怀想

如果黑夜
已经来临
我想说一声
再见，我的忧郁
坐在你的身边
裙裾在渐渐地离去
前额的怀想
开始漂移
你的嘴唇是另一种物质
渴望之情
隐没于无声
你的身躯混沌如初
潜藏着一团
远古的神秘

啊，就这样独处
我愿坐一个世纪
忘掉时间和岁月
回忆往日的情意

秋天的肖像

在秋天黄昏后的寂静里
他化成一块土地仰卧着
缓缓地伸开了四肢
太阳把最后那一吻
燃烧在古铜色的肌肤上
一群太阳鸟开始齐步
在他睫毛上自由地舞蹈
当风把那沉重的月亮摇响
耳环便挂在树梢的最高处
土地的每一个毛孔里
都落满了对天空的幻想
两个高山湖用多情的泪
注入双眼无名的潮湿

是麂子从这土地上走过
四只脚踏出了有韵的节奏
合上了那来自心脏的脉搏
头发是一片神秘的森林
鼻孔是幽深幽深的岩洞
野鸡在耳朵里反复唱歌

在上唇和下唇的距离之间
虎跳过了那个颤动的峡谷
有许多复杂的气味在躯体上消溶
草莓很甜
獐肉很香
于是土地在深处梦着了
星星下面
那个戴金黄色口弦的
云一样的衣裳

布拖[1]女郎

就是从她那古铜般的脸上
我第一次发现了那片土地的颜色
我第一次发现了太阳鹅黄色的眼泪
我第一次发现了那季风留下的齿痕
我第一次发现了幽谷永恒的沉默

就是从她那谜一样动人的眼里
我第一次听到了高原隐隐的雷声
我第一次听见了黄昏轻推着木门
我第一次听见了火塘甜蜜的叹息
我第一次听见了头巾下如水的吻

就是从她那安然平静的额前
我第一次看见了远方风暴的缠绵
我第一次看见了岩石盛开着花朵
我第一次看见了梦着情人的月光
我第一次看见了四月怀孕的河流

---

〔1〕布拖：大凉山腹地一地名，那里居住的彝人属于阿都，又称小裤脚。

就是从她那倩影消失的地方
我第一次感到了悲哀和孤独
但我永远不会忘记那一天
在大凉山一个多雨的早晨
一个孩子的初恋被带到了远方

往事

我还记得，我还记得
那天在去比尔[1]的路上
有一个彝人张大着嘴
露出洁白的牙齿向我微笑

我还记得，我还记得
在那小路弯曲的尽头
我又遇到了这个微笑的人
他动情地问我去何处
并拿出怀里的一瓶烈酒
让我大喝一口暖暖身子

我还记得，我还记得
在那死寂冷漠的荒野里
他为我唱的一支歌
歌词的大意是
无论你走向何方
都有人在思念你

〔1〕比尔：一个地名，在诗人的故乡。

我还记得，我还记得
他披着一件
黑色的披毡
他那摇晃的身体
就像我的爸爸喝醉了一样
那一对凹陷的眼窝里
充满了仁慈和善良

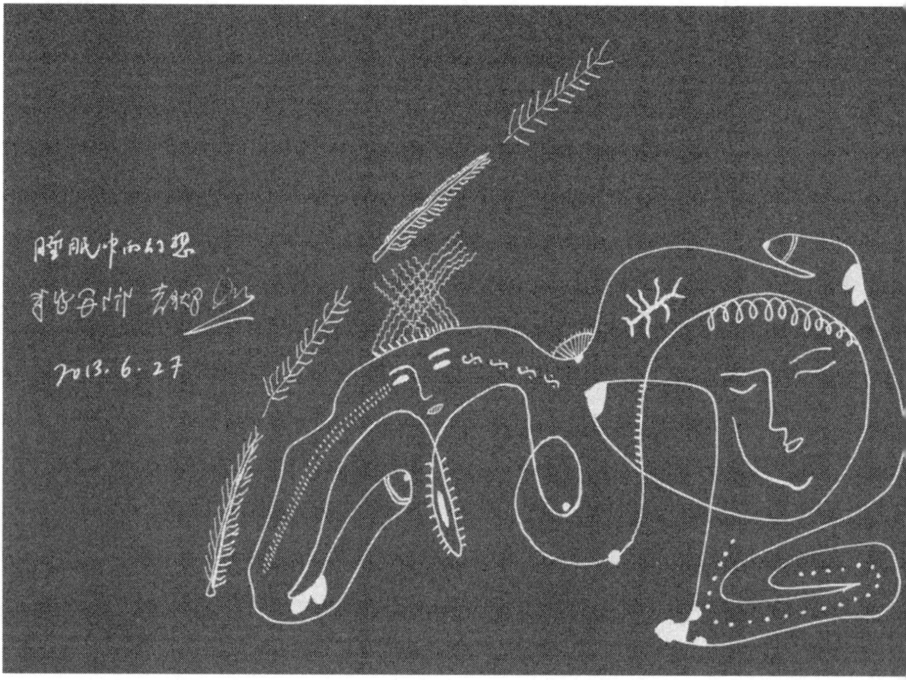

睡眠中的幻想
2013.6.27

题辞

——献给我的汉族保姆

就是这个女人，这个年轻时
曾经无比美丽的村姑，这个
十六岁时就不幸被人奸淫了的女子
这个只身一人越过金沙江
又越过大渡河，到过大半个旧中国的女人
就是这个女人，受过许多磨难，而又从不
被人理解，在不该死去丈夫的年龄成了寡妇
就是这个女人，后来又结了婚
可那个男人要小她二十岁
最终她还是为这个男人吃尽了苦头
就是这个女人，历尽了人世沧桑和冷暖
但她却时时刻刻都梦想着一个世界
那里，充满着甜蜜和善良，充满着人性和友爱
就是这个女人，我在她的怀里度过了童年
我在她的身上和灵魂里，第一次感受到了
那超越了一切种族的、属于人类最崇高的情感
就是这个女人，是她把我带大成人
并使我相信，人活在世上都是兄弟
（尽管千百年来那些可怕的阴影

也曾深深地伤害过我）

那一天她死去了，脸上挂着迷人的微笑
岁月的回忆在她眼里变得无限遥远
而这一切都将成为永恒
诚然大地并没有因为失去这样一个平凡的女人
感到过真正的颤栗和悲哀
但在大凉山，一个没有音乐的黄昏
她的彝人孩子将会为她哭泣
整个世界都会听见这忧伤的声音

彝人梦见的颜色

——关于一个民族最常使用的三种颜色的印象

（我梦见过那样一些颜色
我的眼里常含着深情的泪水）

我梦见过黑色
我梦见过黑色的披毡被人高高地扬起
黑色的祭品独自走向祖先的魂灵
黑色的英雄结上爬满了不落的星
但我不会不知道
这个甜蜜而又悲哀的种族
从什么时候起就自称为诺苏[1]

我梦见过红色
我梦见过红色的飘带在牛角上鸣响
红色的长裙在吹动一支缠绵的谣曲
红色的马鞍幻想着自由自在地飞翔
我梦见过红色
但我不会不知道

〔1〕诺苏：彝语中指黑色的民族，彝族的自称。

这个人类血液的颜色
从什么时候起就在祖先的血管里流淌

我梦见过黄色
我梦见过一千把黄色的伞在远山歌唱
黄色的衣边牵着了跳荡的太阳
黄色的口弦在闪动明亮的翅膀
我梦见过黄色
但我不会不知道
这个世上美丽和光明的颜色
从什么时候起就留在了古老的木质器皿上

（我梦见过那样一些颜色
我的眼里常含着深情的泪水）

夜

不知在什么地方
猎人早已不在人世
寡妇爬上木床
呼吸像一只冷静的猫

不知在什么地方
她的四肢在发霉
还有一股来自灵魂的气味
一双湿润的手
蒙住脸，只有在
梦里才敢去亲吻
那一半岁月的冰凉

不知在什么地方
有一个单身的男子
起来了又睡去
睡去了又起来

不知在什么地方
月亮刚刚升起

在那死寂的山野
整整一个晚上
没有一只夜游的麂子
从这里走过

不知在什么地方
有一间瓦板房
它的门
被一个沉默的人
——敲响

看不见的波动

有一种东西，在我
出生之前
它就存在着
如同空气和阳光
有一种东西，在血液之中奔流
但是用一句话
的确很难说清楚
有一种东西，早就潜藏在
意识的最深处
回想起来却又模糊
有一种东西，虽然不属于现实
但我完全相信
鹰是我们的父亲
而祖先走过的路
肯定还是白色
有一种东西，恐怕已经成了永恒
时间稍微一长
就是望着终日相依的群山
自己的双眼也会潮湿
有一种东西，让我默认

万物都有灵魂，人死了
安息在土地和天空之间
有一种东西，似乎永远不会消失
如果作为一个彝人
你还活在世上！

只因为

让我们把赤着的双脚
深深地插进这泥土
让我们全身的血液
又无声无息地流回到
那个给我们血液的地方
（只因为这土地
是我们自己的土地）

让我们放声地
来一次大笑
用眼里的泪水
湿透每一件黑色的衣裳
让我们尽情地
大哭它一场
哭得就像傻瓜一样
（只因为这土地
是我们自己的土地）

让我们看见
每一个男人

都用三色的木碗饮酒
要是喝醉了
决不会再有一双
高傲而又陌生的脚
从你的头上跨过
让我们看见
任何一个女人
都用口弦和木叶说话
要是疲倦了
就躺在梦想的经纬线上
然后沉沉地睡去
（只因为这土地
是我们自己的土地）

太阳

望着太阳，我便想
从它的光线里
去发现和惊醒我的祖先
望着太阳，大声说话
让它真正听见
并把这种神秘的语言
告诉那些灵魂
望着太阳，尽管我
常被人误解和中伤
可我还是相信
人更多的还是属于善良
望着太阳，是多么的美妙
季节在自己的皮肤上
漾起看不见的晚潮
望着太阳，总会去思念
因为在更早的时候
有人曾感受过它的温暖
但如今他们却不在这个世上

灵魂的住址

这是
一间瓦板屋
它的门虚开着
但是从来
没有看见
有人从那里进出

这是
一间瓦板屋
青草覆盖了
通往它的小路
可是关于它的秘密
谁也不能告诉

这是
一间瓦板屋
在远远的山中
淡忘了人世间的悲哀
充满了孤独

致布拖少女

你细长的脖子
能赛过阿呷查莫鸟[1]的
美丽颈项
你的眼睛是湖水倒映的星光
你的前额如同金子
浮悬着蜜蜂的记忆
你高高的银质领箍
是一块网织的悬岩
你神奇多姿的裙裾
在黄昏退潮的时候
为夜的来临尽情摆浪
你那光滑的肌肤
恰似初夏的风穿越撒满松针的幽谷
然后悄悄地掠过母羊的腹部

你的呼吸回旋如梦幻
万物在你的鼻息下
摇动一颗颗金色的晨露
你的笑声

〔1〕阿呷查莫鸟：大凉山一种以脖颈长和美著称的鸟。

起伏就像天上的云雀
可以断定
因为你的舞步
山脉的每一次碰撞
牛角的每一次冲动
都预示着秋天的成熟

无题

我们或许早已知道
一个重复的故事
将从这里开始
我们或许并不明白
一切生的开头
就是死的结尾
当我们从命运的水湾启程
我们便注定再也摆不脱
那一种神秘的诱惑
哦，消失的早已消失
剩下的只有瞬间的自己
然而谁又能告诉我
在生命和时间之外
那个让我不安的人究竟是谁？！

孩子的祈求

猎人孩子的梦想很简单，
猎人孩子的祈求很有限。
只求森林里常有月亮，
只求森林里常有星星。
只求有一支友谊的歌曲，
在远方长久地把我思念。
只求有母爱，
又有父爱。
要是有一天妹妹病了，
爸爸又不在。
只求妈妈
穿过森林，
天上是一片迷人的海。
只求跟着爸爸去打猎，
不在他的身后，
而在他的前面。
只要是真正的男人，
就应当这样——
　　　　　无畏地
举起生命和死亡的宣言。

要是爸爸喝醉了，
——揍我的屁股。
——揍我的小脸。
然后歪歪斜斜地朝森林走去，
那猎枪将在远方撞响——
　　　　　　　　　血红的
最后主题。
那时我只求：
爸爸永远地平安，
爸爸早日地回还。
（泪水淹没了我的视线）

猎人孩子的梦想很简单，
猎人孩子的祈求很有限。
只求有母爱，
又有父爱。
只求有那么一天，
要是我有了孩子，
我决不揍那张——
　　　　　　充满了
希望的
小脸。

一个猎人孩子的自白

爸爸
我看见了那只野兔
还看见了那只母鹿
可是
我没有开枪
此刻我看见的森林
是雾在那里泛起最蓝的海洋
黄昏把子夜的故事
在树梢的最高处神秘地拉长
一条紫红色的小溪
正从蟋蟀的嘴里流出
预示着盛夏的阴凉
那块柔软的森林草地
是姐姐的手帕
是妹妹的衣裳
野兔从这里走过，眼里充满了
寂静的月亮，小星星准备
甜蜜地躲藏
于是最美的鸟在空气里织网
绿衣的青蛙进行最绿的歌唱
当那只皇后般的母鹿出现

它全身披着金黄的瀑布

上面升起无数颗水性的太阳
树因为它而闪光
摇动着和谐的舞蹈
满地的三叶草开始自由地飘扬
就在这时我把世界忘了
忘了我是一个猎人
没有向那只野兔和母鹿开枪

爸爸
要是你真的要我开枪
除非有一天
我遇见一只狼
那时我会瞄准它
击中桃形的心脏
可是今天
我不愿开枪
你会毁掉这篇
安徒生为我构思的
森林童话吗

爸爸
我——不——能
——开——枪

永恒的宣言

小时候，我要戴耳环。
那是戴耳环的年龄了。
阿达[1]为我穿耳，
他用一片树叶把我的
耳垂包着了。
在一种从未有过的恐惧中，
我听见阿达说：孩子
这针穿透的是树叶，可不是
你的耳。我望着
阿达的眼睛，只是点了点头。
当针从我的耳垂穿过，
我的血染红了树叶。我知道针
穿透了我的耳，还穿透了那层
薄薄的树叶。
但我没有哭。
因为从那时起，我就是一个
父亲般的男子汉了。

---

〔1〕阿达：彝语父亲。

猎人的路

——一个老猎人的话

有一天我真的老了
岁月像一只小鸟
穿过森林的白雾
从我的额头上飘走
金子一样的小鸟
银子一样的小鸟
萦绕着，抚摸着
一个老态龙钟的我
它仿佛是一条无名的小河
它仿佛是一首无字的情歌
那时，我会悄悄对你说
在我苍老的眼里
不会有一个冬日黄昏的阴影
不会有一抹秋后夕阳的痴情
只是在我的双目中
会流出孩童般晶莹的泪
假如你用嘴去品尝
那里面只有初恋的甜味
于是我默默地默默地

让回忆和爱充满我的路
于是我再不会再不会
因为年轻和幼稚而迷途
我手中那支古老的猎枪
将扶着我的身躯和头颅
这时我要对着世界大声地宣布
如果死了还能再活一次
原谅我，我依然还会选择
做一个崇尚英雄和自由的彝人！

爱的渴望

黄伞下的少女，一双渴望的眼睛
一个蘑菇状的梦，把爱悄悄裹起
空气拥抱色彩，欲望在天边
温柔激荡着和谐
舞步的古朴，踩着大山的高音
流蜜的是口弦，把心放在唇边
呢喃的花裙，一个立体的海
光拖着一个醉迷的影子
驾着意念在追赶

用美装饰外形，那是自然的图案
让黑发缠着初恋
羞涩是最动人的纯洁
背上那诱人的气息
是褐色土地的赠予
大山像酣睡中的男人
路是他奇怪的腰带
那什么是缠绵的情语呢
她从蓝的天宇下走来

以视觉的符号表达需要
脸是丰富的音响效果
爱是目光失落的节奏

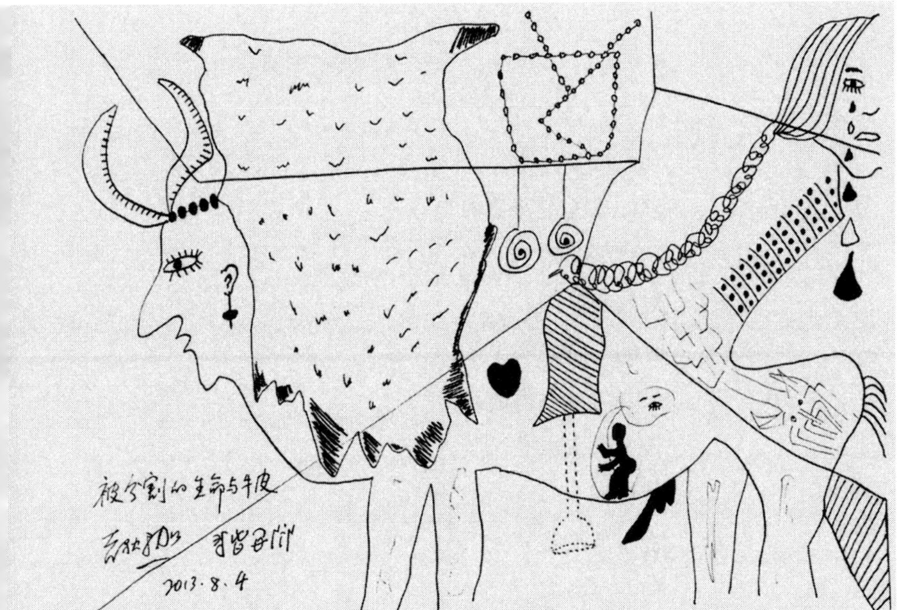
被宰割的生命与牛皮
2013.8.4

最后的传说

猎人离开人世的时候，
他会听见大山的呼唤。
——引自猎人的话

死亡像一只狼
狼的皮毛是灰色的
它跑到我的木门前
对着我嗥叫
时间一定是不早了
只好对着熟睡的孙子
作一次快慰的微笑
然后我
走向呼唤我的大山
爬一座高高的乳房
当子夜时分叩响
潮湿的安魂曲
我在森林世界的
母腹里睡去
耳朵里灌满了泉水的声音
嘴唇上沾满了母亲的乳汁

天亮了
人们只听见森林里
有一个婴儿的歌声
猎人们都去把他寻找
可谁也没把他找到
于是这个神秘的故事
便成一篇关于我的童话
猎人的孩子们
都会背诵它

鹰爪杯

不知什么时候，那只鹰死了，彝人用它的脚爪，做起了酒杯。

——题记

把你放在唇边
我嗅到了鹰的血腥
我感到了鹰的呼吸
把你放在耳边
我听到了风的声响
我听到了云的歌唱
把你放在枕边
我梦见了自由的天空
我梦见了飞翔的翅膀

獐哨[1]

> 吹母獐的声音，
> 公獐将向着我走来，
> 死亡就在这个时候降临了。
>
> ——一个猎人的话

我用全部的勇气吹响獐哨
吹出母獐的声音
我的肺是浓缩的海洋
一个鼻管是长江
还有一个鼻管是黄河
哨音起伏像黄昏时的波浪
掀起好些看不见的
属于母性的阳光
气体是金黄色金黄色的
悄然浮动，那么长长的绵绵的
这样温情纤细的诗行
它好像神秘地嫁给了
那柔软的光

〔1〕獐哨：彝族猎人用的一种哨子，声如母獐，用于引诱公獐。

要不就穿上了一件
雄性能用皮肤
去感觉的
如水的衣裳
但我永远明白
我是一个男性的吹哨人
每一片树叶都在为我降落伪装
我像一次误了时的约会那样等待
连焦急也变得神圣
猎枪却默默地长长地伸着
瞄向那只迟迟赶来的公獐
让它走在欺骗的身旁
于是我扣动扳机
公獐迎接了最后的死亡

当我的哨声和枪声消失了
片刻过后我好像又看见许多
母性的阳光
把一个世界照耀得那么的辉煌
不知为什么，我心里骤然掠过
一股深秋的风
像北极的冬天那么悲凉
我把獐哨咬破了
连同嘴唇上的血

甩在了谁也看不见的地方

说实话

那时我有些想哭

还想撒谎

我怕那些爱我的人们知道

土地上的雕像

——致我出嫁的姐姐

太阳是我的眼睛
一尊黝黑色的身躯
迎着逆光，向我示意
那是一座山，那是男人的背
斜托着我蜷曲的姐姐
一个羊毛坠子转成的梦
在头帕下悄悄地失落
少女眼里的泪，男人肩头的汗
空气嘟着嘴把它吻干
离情来自土地的边缘
姐姐，你用蓝色描绘男人
那是因为从来没见过面
头帕是一张永远摇动的纸
恐惧的想象必然留下荒诞
在阳光这支金色的奏鸣曲中
我听见了大山野性的呼唤
草垛中那个熟睡的少女
她的影子还留在一起
一个馨香的记忆，把月亮

揣进了绣花的包里
就是突然来了风暴，在深夜
姑娘的微笑照样圣洁
年轻的风，把爱在土地上书写
一根根长长的羊鞭，拴着多少
来自黄昏的挑逗和诱惑
你把羊羔般的稚气，让
黄伞盖着，用口弦私语
在小溪边，你骄傲地站立
太阳为你作了一次黑色的洗礼
从此你的爱就属于这大山
　　　　　　属于这土地
只有你和那个憨厚的猎人知道
太阳和月亮的真正含义

此时枪声在森林中回响
可没有猎物匆忙地遁逃
猎人把失恋的烦恼和愤怒
发泄到空旷的地方
目光触电了，森林在荡漾
烈酒在他心里唱歌
森林中每一个平方的时空
都释放着喧嚣赤热的思想
当他在山峰上向她凝望

冲动让他最后举起了枪
但蓝天上那翻飞的鸟翅
终于撞开了他善良的心房
那颗子弹连同枪都沉落了
太阳在他眼里血一般灿烂
土地在他眼里火一般辉煌
爱在扑朔迷离的色彩中
穿上一件永恒的衣裳

骑着马鞍的是太阳
云雀弧线似的轻唱
男子充满了力的背
带走了一个不幸的姑娘
那三角形的绣花包里
装着一个破碎了的月亮
在远方，一切都还是想象
在这里，埋藏了少女的时光
但就在这褐色的土地上
一切都不会把你遗忘
就用这脚下的泥土
我要为你虔诚地塑像
为了一个少女蓝色的梦
为了一个猎人失落的枪

黄昏

——一个民族皮肤的印象

在凉山这块土地上
让我们这些男人骑上烈马
让我们尽情地跳跃
当我们的黑发
化成美丽的阳光
当我们的黑发
被风聚集成迷乱的骚动的金黄的色彩
这时我们那燃烧着的梦想
这时我们那喧哗着的梦想
就会在那自由的天空里飞翔
在那有着瓦板屋的地方
当我们赤裸着结实的身躯
站在那高高的山顶
轻挥着古铜色的臂膀
黄昏就浮现在我们的背上

在凉山这块土地上
让我们的女人发出真笑
让她们歌唱舞蹈

当她们的前胸
在太阳下膨胀
当她们的孩子睡在绿荫下
吮吸着大地的清凉
这时她们那温柔的梦想
这时她们那多情的梦想
就会在那友爱的天空里飞翔
在那有着瓦板屋的地方
当她们袒露出丰满的乳房
深情地垂下古铜色的额头
去给自己的孩子喂奶
黄昏就像睡着了一样

泸沽湖[1]

有人说泸沽湖是山姑娘，狮子山是她的母亲。

奇怪的是这位母亲，永远不让自己的女儿出嫁。

——题记

蓝色的裙裾在朦胧的雾中失落了。
哦，山姑娘你在哪里？
去问狮子吧。她是山姑娘永恒的母亲。
一个固执得像石头一样的女人。
一个由于冷酷过早衰老的寡妇。

好多年了，她把山姑娘紧紧地搂在怀中，
连风也不知道这是长眠着的一个人。
一个不是少女的处女。
一个贞洁得不该贞洁的女人。
风。那充满野性的风。
这是男子痴情的语言，他曾在岸边徘徊。
但这一切早已过去了，像一个遥远的梦。

〔1〕泸沽湖：诗人故乡的一个湖泊。

心。无数男人的心，都沉入了一片死寂的海。
变态的母亲，一个无辜少女的坟墓。
山姑娘真可怜，她还沉睡着，睡得是那样安然。
她裸露着全身，在自己的梦中，
在那绸缎般起伏的床上哭泣。难道她只会这样？
千万年了，母亲成了石头，少女的心化成了水。
男人呢？
失恋的打鱼人。

朵洛荷舞[1]

是因为荒野太宽了
她们才牵着彼此的手
踩着神经一样敏感的舞步
要不然，那土地上的
软绵绵的，紫云英的梦
就会踩破，就会踩破
留给黄昏几瓣孤寂的花朵

流吧，淌出的是一条旋转的河
唱吧，哼出的是一支古老的歌

于是黑夜来临之前
便有着高傲的心，便有着痴情的眼
还有了疲倦的口弦
可她们的舞步照样走着，照样呢喃
对着土地，对着黎明，对着遥远
一脚踩着一个打湿了的，淡绿色的梦幻
一脚踩着一个温柔的，溢满了蜜的呼唤
这一声，那么缠绵，那么缠绵

〔1〕朵洛荷舞：一种彝族民间舞蹈，姑娘们牵手为圆圈，踱步而走，边舞边唱，情绪轻柔、优美。

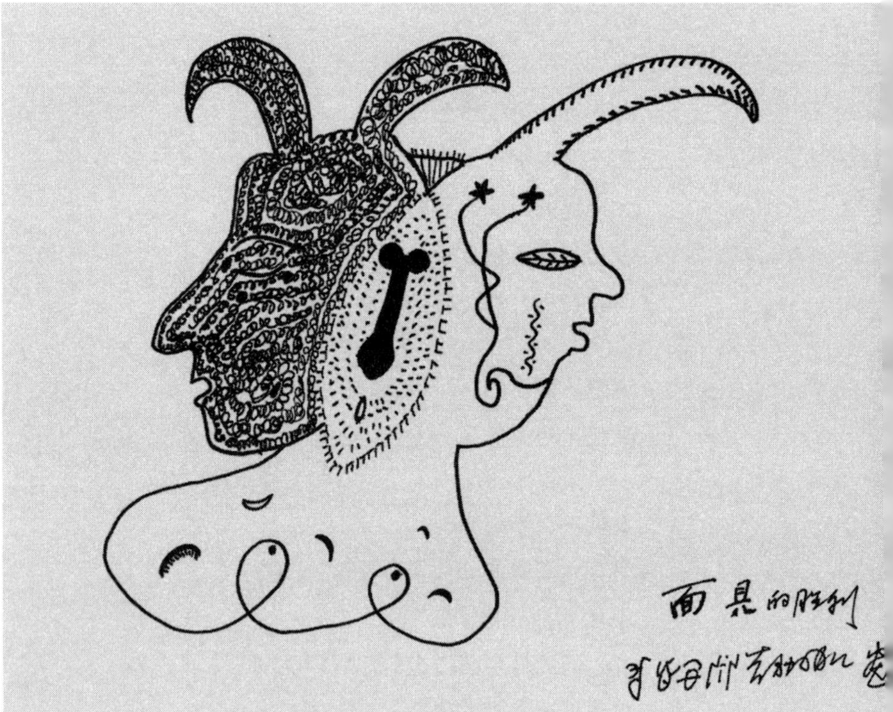
面具的胜利
2013.6.27

唱给母亲的歌

凉山上有不少高山湖，过去多有一对对雁鹅栖息。每年雁行经过时，大雁都要把子雁送入雁行。子雁不想离开，大雁便用翅膀拍打子雁，逼其加入雁行，飞去飞回往返多次才能送走。这一天，附近的群众都要赶来观看，妇女无不流泪。

——题记

只因为北方没有了雪
只因为一次
最遥远的旅行
从这里开始
当子雁的叫声传来
啊，母亲
我真的不敢
大声地出气
我真的不敢啊
睁开眼睛

就这样过了很久很久

我才悄悄朝远方望去
天上再没有子雁的影子
地上再没有子雁的声音
啊，母亲
这时你哭了
紧搂着我
不停地抽泣

只因为他乡也有星星
只因为女人
到了出嫁的年龄
就要远去
不知是什么时候
当我骑着披红的马走向远山
我回过头来看见
夕阳早已剪断了
通往故乡的小路
啊，母亲
这时我看见你
独自站在那高高的山冈上
用你多皱的双手
捧着苍老的脸
——哭泣
啊，母亲

只有在今天
我才真正懂得了
为了那子雁的离去
你为什么
曾经那样伤心
啊，母亲
我最亲爱的母亲

致印第安人

玛雅文化被称为美洲印第安文化的摇篮，它最突出的、著称于世界的辉煌文化，就是它的“十八月太阳历”。它和彝族的“十月太阳历”堪称为世界文化史上东西两半球相互辉映的双璧。

——题记

今夜，原野很静
风在山冈上睡去
南方十字星座
流出许多秘密
只有人的血液里
哼着一支古老的歌曲
这时我想起你
南美的印第安人
我想起有一颗永恒的太阳
幻化成母亲的手掌
在一年十八个月里
抚摸孩子古铜色的脸庞

我想起草原上自由的部落
男人剽悍得像鹰
女人温柔得像水
于是老人树在美洲
把星星般的传说升起
古老的民族
太阳的儿子
美洲因为你
才显得如此的神奇
我想起土地上那些河流
都是那么悠久
灿烂的玛雅文化
一条人类文明的先河
它从远古的洪荒流来
到如今气势照样磅礴
不绝的民族
传统的儿子
人类因为你
才看到了自己的过去
童年的自己

今夜，原野很静
风在山冈上睡去
只有人的血液里

哼着一支古老的歌曲
这时我想起印第安人
想起了我亲爱的兄弟
就在这寂静充满世界的时候
我听见自己的灵魂里
说出了缠绵的话语
因为在东方
因为在中国
那里有一支古老的民族
他们有着像你那样辉煌的过去
有一颗永恒的太阳
照样幻化成母亲的手掌
抚摸他们的孩子
抚摸那古铜色的脸庞
因为在东方
因为在中国
那里有一个彝族青年
他从来没有见到过印第安人
但他却深深地爱着你们
那爱很深沉

盼

——给 q · y

如果在这里哭
那眼泪就一定
是远方的细雨
如果在这里笑
那笑声就一定
是远方的阳光
一个世上最为冷酷的谜
一个人间最为善良的梦
无论你微笑
还是哭泣
都会有一个人默默地爱着你

沙洛河[1]

躺在这块土地上
我悄悄地睡去
(你这温柔的
属于我的故土
最动人的谣曲啊
我是在你的梦里睡着的)
躺在这块土地上
我甜甜地醒来
(你这自由的
属于我的民族
最崇高的血液啊
我是在你的轻唤中醒来的)

---

〔1〕沙洛河：诗人故乡的一条河流。

达基沙洛[1]故乡

我承认一切痛苦来自那里
我承认一切悲哀来自那里
我承认不幸的传说也显得神秘
我承认所有的夜晚都充满了忧郁
我承认血腥的械斗就发生在那里
我承认我十二岁的叔叔曾被亲人送去抵命
我承认单调的日子
我承认那些过去的岁月留下的阴影
我承认夏夜的星空在瓦板屋顶是格外的迷人
我承认诞生
我承认死亡
我承认光着身子的孩子爬满了土墙
我承认那些平常的生活
我承认母亲的笑意里也含着惆怅
啊，我承认这就是生我养我的故土
纵然有一天我到了富丽堂皇的石姆姆哈[2]
我也要哭喊着回到她的怀中

---

〔1〕达基沙洛：地名，诗人的故乡。

〔2〕石姆姆哈：一个在地之上天之下的地方。彝族人认为死者的灵魂，最后都要去那里，过一种悠然自得的生活。

如果

如果你曾经
美丽无比
那就让这一切
成为我的回忆
如果离别后
你真的有那么多不幸
那就请到我的灵魂里
寻找一个
安静的角落
如果因为过去
你就伤心地哭泣
无论你怎样
捶打我的肩
我都不会介意
如果有一天
你动人的眼睛
已经由于年老而干枯
你就让我望着你
在冬天故乡的小河边

经过长时间的沉默后
说一声：记住吧，我还
像昔日那样爱着你

等待

——一个彝女的呓语

从火塘边到石磨旁，
白天对于我们来说，很快
就要消失掉。然后
是爬上木梯，然后
是蜷曲着身体睡觉。
每天是这样，
每月是这样。
就是半夜醒来，看见
月亮和星星也迷惘。

即使我们到山下的
街上去，买回一个圆镜，
它也照不见远处的风景。
最好是坐在木门前，
拿一根针穿透梦，有时
也会把手刺伤，但是
这决不会打扰忧郁的歌唱。

数不清这是多少个日子，

天亮时总要听见公鸡叫，
只要一看见那红黄黑的衣裳，
谁都要说：绣得真漂亮！
啊，明日就是火把节了，
在温暖的草堆里，影子听见
我疲惫的骨节开始发响

猎枪

爸爸常说起爷爷的猎枪，
但在我童年梦中从来没有出现过爷爷的模样；
我生下地时爷爷早死了，
留下的就只有那支古老的猎枪，
我知道爷爷是一只豹子害死的……

白日里，我看见爸爸整天默默无语……

一次，两次，上百次，成千次向森林中走去
终于有一天枪响了，在森林中回荡回荡……

我们恐惧地走进了森林，来到枪响的地方；
爸爸躺在一边，豹子躺在一旁，
豹子的血和爸爸的血流在一起，
紫红色的……

告别大凉山

一

当邛海的呼吸在夜色里静息
锅庄石[1]在遥远的地方开始沉思
这时整个天空闪烁着迷人的星光
这时整个芬芳的土地在绿色的风中
飘浮着
当我的遐想消失了
当我的思念变成霜
大凉山，我走了，我悄悄地走了
(这时我才感到大凉山
你的爱是那么内在
就像我沉默寡言的母亲)

二

我灵魂的伴侣
我最忠实的黑眼睛的情人

---

〔1〕锅庄石：彝族家中的火塘立有三块雕琢的石头，用于支架铁锅，同时也是一种装饰。

此刻你正解下紫色的头巾
让它幻化出房里一片温柔的海
那海上停泊着你我的船
为了我的匆匆离去
不要再拉开那沉重的木门吧
我的祝福和最后的微笑
那多情的风会告诉你
当爱用心同你握别
我倚着一棵相思树
大凉山，我走了，我悄悄地走了
（这时我才知道大凉山
你这母性的土地
永远是我爱之船停泊的港口）

三

我的朋友假如有一天你孤寂了
请走到那棵密密的相思树下
这时你一定会听见
风和树叶对灵魂的诉说
那时你梦中的星星啊
会无数次地在我眼前闪耀
而我将虔诚地期盼你的目光
幻想高原那古老的太阳

当我的深情伴着风儿歌唱
当我的爱恋随着溪水流淌
大凉山，我走了，我悄悄地走了
（这时我才发现大凉山
我那梦中的相思鸟
已永远迷失在你的树上）

被出卖的猎狗

失去了往日的自由
绳索套在它的颈上
它被狗贩子
送到了市场
由于痛苦和悲哀
它把头深深地埋下
无论人们怎样嘲笑
它都一声不吭

不知道自己的命运
将和这市场中
所有的狗一样
最后都逃脱不掉屠宰

此时它多么想来一声
狂野而尽情地吼叫
但是凭着它的敏感和直觉
它完全知道
在这个喧嚣的地方
除了食客、贩子和屠手的恶
没有一个人会给它一丝善良

老人与布谷鸟

沉默的岩石
坐在那里
望着多雾的山谷
悠悠的目光
被切割成碎片

裹着
黑色的披毡
身后一片寂静
偶然也会有
一朵
流浪的云
靠近
头顶

岁月的回忆
或许
还能从心底浮起
他会第一个听见
布谷鸟的叫声

在山那边歌唱婉转
可是谁也不会注意
就在那短暂的片刻
他的鼻翼翕动了几下
然后又用苍老的手背
悄悄地抹了抹
眼窝中滚出的泪滴

老歌手

唱完一支少女时的歌
你害羞了，脸上泛起红晕
就是那双苍老的眼
骤然间仿佛也跳出了两颗迷人的星
沿着你满脸皱纹的沟壑
你蹒跚着走进了自己的记忆
啊，这是一块被风雨耕耘过的土地
在那褐色土地的边缘
你珍藏着一个女人最宝贵的东西——
它是你白天的太阳
它是你晚上的月亮
在你的瞳孔里升起一道彩虹
但这是湖边虚幻的彩虹
那时白天和黑夜的梦都属于你
那时男人们都在梦中离开了你
黎明时，他们走了
带走的是你的容貌，留下的是你的心
为了把他们等待
你至今还唱着那时的歌

老人谣

沿着这条峡谷，径直
往前走，可以看见一片
树林。如果你真的
寂寞了，那就面向落日
悄悄唱一支歌。虽然
这样还是伤感。你要
像昔日那样，涉过一条
齐腰的河，它的名字
无关紧要，只是河水
在大山里还是那样刺骨
再往前走，有三条小道
你用不着在此犹豫
选择向右的方向，这对于
你来说并不难，因为
童年的记忆总会把人唤醒
假使你已经走过了
那道山脊，又很快临近
一片荞地。啊，谢天谢地
这时你的双眼完全可以
清楚地看见，前面

就是家了。短暂的沉默
你会轻轻推开木门，不敢
大声出气。房里
再没有一个人，你的
心里也明白，但是不要
太难过，尽管你的亲人们
都已离开人世
这里只剩下一片荒芜

色素

你可以用风吹走我的草帽
你可以用雨湿透我的草帽
你可以用雷击碎我的草帽
你甚至可以
用无耻的欺骗
盗走我的草帽

妈妈对我说：孩子
在那群象般大的大山上
有一顶永远属于你的草帽
于是我向大山走去
在那里我看见了太阳
它撒开了金色的网

你可以用牙咬开我的衣裳
你可以用手撕烂我的衣裳
你可以用刀割破我的衣裳
你甚至可以
用卑鄙的行为
毁灭我的衣裳

妈妈对我说：孩子
在你健壮的躯体上
有一件永远属于你的衣裳
于是我抚摸我的皮肤——
我最美的衣裳
它掀起了古铜色的浪

假如

假如我们曾伤害过自己的同类
当听见骏马为夭亡的骑手悲鸣
当看见猎狗为遇难的主人流泪
当我们被这样一种爱震撼
忘记了自己和动物的区别
人啊，站在它们的面前
我们是多么的自卑！

隐没的头

把我的头伏在牛皮的下面
遗忘白昼的变异
在土墙的背后，蒙着头
远处的喧嚣渐渐弱下去
拉紧祭师的手，泪水涔涔
温柔的呢喃，绵延不绝
好像仁慈怜悯的电流
一次次抚摸我疲惫不堪的全身

把我的头伏在牛皮的下面
四周最好是一片黑暗
这是多么美妙的选择
为了躲避人类施加的伤害

黄色始终是美丽的

我无法用语言向你表达
一种无边的温暖
一片着色的睡眠
我无法一时向你讲明白
为什么会令人感动
以及长时间的沉默
哦，陌生的声音
教化的语言
原谅我，我只能这样对你说：
在这漫长的瞬间
你不可能改变我！

有人问……

有人问在非洲的原野上
是谁在控制羚羊的数量
同样他们也问
斑马和野牛虽然繁殖太快
为什么没有成为另一种灾难
据说这是狮子和食肉动物们的捕杀
它们维系了这个王国的平衡
难怪有诗人问这个世界将被谁毁灭
是水的可能性更大？还是因为火？
罗伯特·弗罗斯特[1]曾有过这样的疑问
其实这个问题今天已变得很清楚
毁灭这个世界既不可能是水，也不可能是火
因为人已经成为了一切罪恶的来源！

---

〔1〕罗伯特·弗罗斯特（1874—1963）：20世纪美国伟大的民族诗人，曾多次获得普利策文学奖，被授予过“桂冠诗人”称号。

我想对你说

我想对你说
故乡达基沙洛
你是那么遥远，你是那么迷茫
你在白云的中间
你在太阳的身旁

我想对你说
故乡达基沙洛
如果我死了
千万不要把我送进城外焚尸炉
我怕有一个回忆
没有消失
找不到呼吸的窗口

我想对你说
故乡达基沙洛
那忧伤的旋律
会流成一条河
远方的亲人们
要将我的躯体

从这个陌生的地方抬走

我想对你说
故乡达基沙洛
既然是从山里来的
就应该回到山里去
世界是这样的广阔
但只有在你的仁慈的怀里
我的灵魂才能长眠

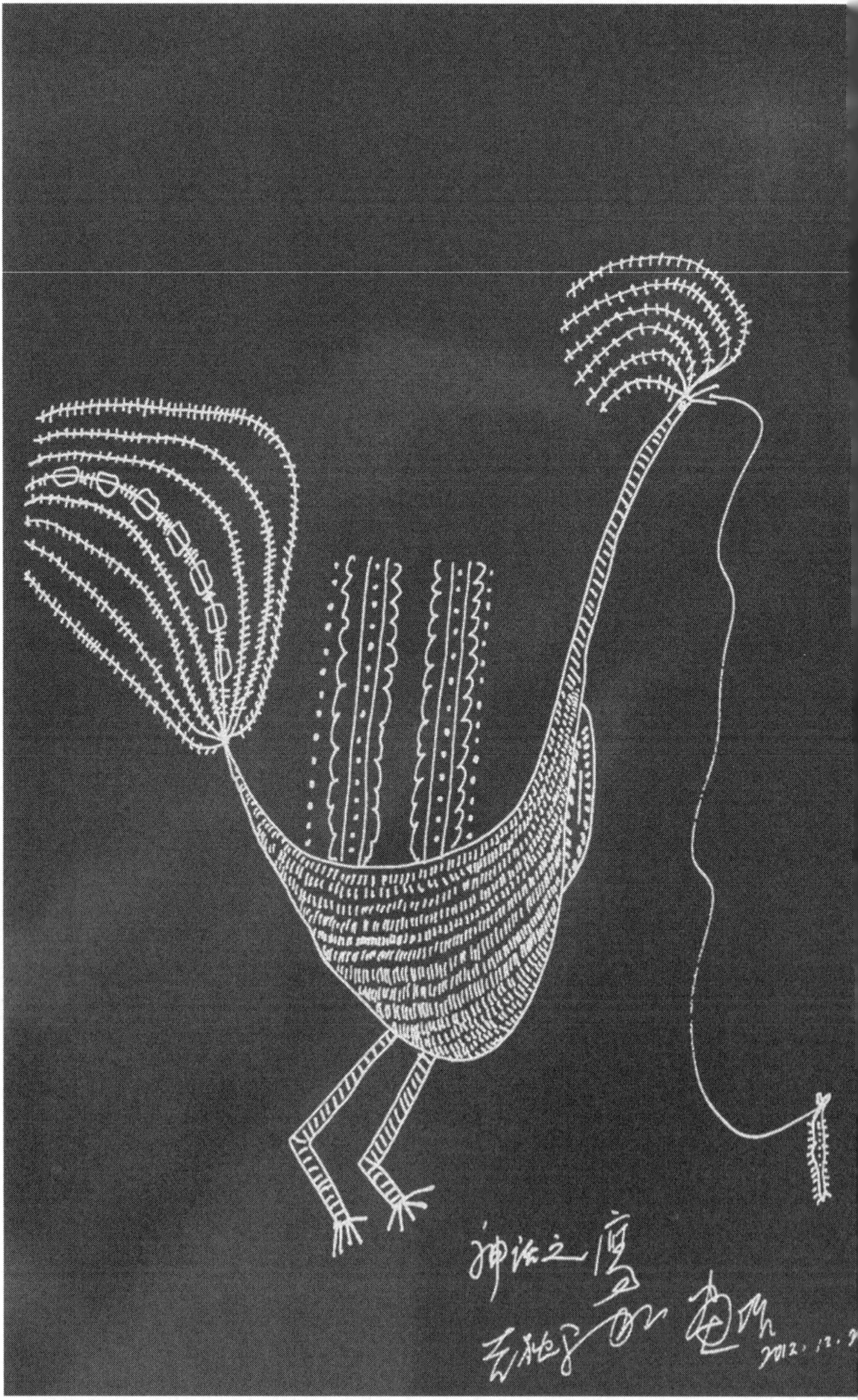
神话之鹰

宁静

妈妈，我的妈妈
我曾去寻问高明的毕摩[1]
我曾去寻问年长的苏尼[2]
在什么地方才能得到宁静？
在什么时候才能最后安宁？
但他们都没有告诉我
只是拼命地摇着手中的法铃
只是疯狂地拍打手中的皮鼓
啊，我真想睡，我真想睡

妈妈，我的妈妈
我追寻过湖泊的宁静
我追寻过天空的宁静
我追寻过神秘的宁静
我追寻过幻想的宁静
后来我才真正知道
在这个世界上
的确没有一个宁静的地方

---

〔1〕毕摩：是彝族的文化人和祭司。
〔2〕苏尼：是彝族中的巫师。

啊，我太疲惫，我太疲惫

妈妈，我的妈妈
快伸出你温暖的手臂
在黑夜来临之际
让我把过去的梦想全都忘记
只因为在这个冷暖的人世
为了深沉的爱
你的孩子写出了忧伤的诗句
啊，我已经很累，我已经很累

山羊

——献给翁贝尔托·萨巴[1]

先生，我要寻找一只山羊
一只孤独无望的
名字叫萨巴的山羊
先生，它没有什么标志
它有的只是一张
充满了悲戚的脸庞
那是因为它在怀念故土、山冈
还有那牧人纯朴的歌谣
先生，我要寻找一只山羊
它曾在意大利的土地上流浪
它的灵魂里有看不见的创伤

---

〔1〕翁贝尔托·萨巴（1883—1957）：意大利著名诗人，其诗作《山羊》广为流传。

陌生人

你的目光中充满了一种
不易察觉的祈求
你是谁？
穿着一件黑色的衣裳
在纳沃纳广场[1]
走过我的身旁

那匆匆的一瞥
多么平常
它不会在我们的心灵中
掀起波浪

又仿佛是一次
不成功的曝光
在我的记忆中
再也找不到你的形象

你是谁？要到哪里去？
这对于我来说并不重要

---

〔1〕纳沃纳广场：意大利的著名广场。

我想到的只是
人在这个世界的痛苦
并没有什么两样

致萨瓦多尔·夸西莫多[1]的敌人

你们仇恨这个人
仅仅因为他
对生活和未来没有失去过信心
在最黑暗的年代，歌唱过自由
仅仅因为他
写下了一些用眼泪灼热的诗
而他又把这些诗
献给了他的祖国和人民
你们仇恨这个人
不用我猜想，你们也会说出
一长串的理由
然而在法西斯横行的岁月
你们却无动于衷

---

〔1〕萨瓦多尔·夸西莫多（1901—1968）：意大利杰出诗人，1959年获诺贝尔文学奖。

信

我所渴望的
也曾被你们所渴望
我仅仅是一个符号
对于浩瀚的星空来说
还不如一丝转瞬即逝的光

我只是在偶然中
寻找着偶然
就像一条幻想的河
我们把欢笑和眼泪
撒满
虚无的沙滩

我原以为地球很大
其实那是我的错觉
时间的海洋啊
你能否告诉我
如今死者的影子在何处？

秋日

想你在威尼斯
在你没有来临
而又无法来临的时候
想你在另一国度
那里阳光淌进每一扇窗口
说不出来的惆怅
就像那入海口，轻轻低吟的海潮
想你在一个陌生的地方
我的梦想踽踽独行
穿过了怀念交织的小巷
想你在威尼斯
在那静谧而浓郁的秋日
我似乎害了一场小小的热病

吉普赛人

昨天
你在原野上
自由地歌唱

你的马
欢快地，跑来跑去
一双灵性的眼睛
充满了善良

今天
你站在
城市的中央
孤独无望

你的马
迈着疲惫的四蹄
文明的阴影
已将它
彻底地笼罩

基督和将军

你能捆住
他的
另一双手吗？
他既有形
而又无形
他既是一个
又是成千上万个

你能阻挡
他的灵魂
更加自由地
飞翔吗？
他好像是阳光
又好像是空气
他比梦想和传说
还要神奇
不过将军
我还是要向你
提醒一句

只要人类的良心
还没有死去
那么对暴力的控诉
就不会停止

秋天的眼睛

谁见过秋天的眼睛
它的透明中含着多少未知的神秘
时间似乎已经睡着了
在目光所不及的地方
只有飞鸟的影子，在瞬间
掠过那永恒的寂静
秋天的眼睛是纯粹的
它的波光漂浮在现实之上
只有梦中的小船
才能悄然划向它那没有极限的岸边
秋天的眼睛是空灵的
尽管有一丝醉意爬过篱笆
那落叶无声，独自聆听
这个世界的最后消失
秋天的眼睛预言着某种暗示
它让瞩望者相信
一切生命都因为爱而美好！

这个世界的欢迎词

这是一个偶然？
还是造物主神奇的结晶？
我想这一切都不重要
当你来到这个世界
我不想首先告诉你
什么是人类的欢乐
什么又是人类的苦难
然而我对你的祝福却是最真诚的

我虽然还说不出你的名字
但我却把你看成是
一切最美好事物的化身
如果你需要的话
我只想给你留下这样一句诗：
——孩子，要热爱人！

最后的酒徒

在小小的酒桌上
你伸出狮子的爪子
写一首最温柔的情诗
尽管你的笑声浪荡
让人胡思乱想

你的血液中布满了冲突
我说不清你是不是一个酋长的儿子
但羊皮的气息却弥漫在你的发间
你注定是一个精神病患者
因为草原逝去的影子
会让你一生哀哀地嘶鸣

最后的礁石
——送别艾青大师

礁石
沉没的时候
是平静的
就如同它曾经面对着海洋
含着微笑

礁石
消失的时候
那时辰
正是它歌唱过的
无比温柔的黎明

礁石
是一种象征
是一种生命的符号
在它的身上
风暴留下过无数的
让人哀痛的创伤

礁石

它永远也不会死去

因为它那自由的呼吸

会激起汹涌的海浪

它还会像一只鸟

从人类的梦想中飞出

用已经嘶哑了的喉咙歌唱！

鹿回头

传说一只鹿被猎人追杀，无路可逃站在悬崖上。正当猎人要射杀时，鹿猛然回头变成了一个美丽的姑娘，最终猎人和姑娘结成了夫妻。

这是一个启示
对于这个世界，对于所有的种族

这是一个美丽的故事
但愿这个故事，发生在非洲
发生在波黑，发生在车臣
但愿这个故事发生在以色列
发生在巴勒斯坦，发生在
任何一个有着阴谋和屠杀的地方

但愿人类不要在最绝望的时候
才出现生命和爱情的奇迹

土墙

我原来一直不知道，以色列的石头，能让犹太人感动。

——题记

远远望过去
土墙在阳光下像一种睡眠

不知为什么
在我的意识深处
常常幻化出的
都是彝人的土墙

我一直想破译
这其中的秘密
因为当我看见那道墙时
我的伤感便会油然而生

其实墙上什么也没有

献给土著民族的颂歌

——为联合国世界土著人年而写

歌颂你
就是歌颂土地
就是歌颂土地上的河流
以及那些数不清的属于人类的居所

理解你
就是理解生命
就是理解生殖和繁衍的缘由
谁知道有多少不知名的种族
曾在这个大地上生活

怜悯你
就是怜悯我们自己
就是怜悯我们共同的痛苦和悲伤
有人看见我们骑着马
最后消失在所谓文明的城市中

抚摸你
就是抚摸人类的良心

就是抚摸人类美好和罪恶的天平
多少个世纪以来，历史已经证明
土著民族所遭受的迫害是最为残暴的
祝福你
就是祝福玉米，祝福荞麦，祝福土豆
就是祝福那些世界上最古老的粮食
为此我们没有理由不把母亲所给予的生命和梦想
毫无保留地献给人类的和平、自由与公正

欧姬芙的家园

——献给二十世纪最伟大的美国女画家

或许这是最寂寞的家园
离开尘世是那样的遥远
风吹过荒原的低处，告诉我们
只有一个人在这里等待

这是离上帝最近的高地
否则就不会听见
那天籁般的声音最终变成色彩
从容地穿过那纯洁的世界

你的手是神奇的语言
牛骨和石头被装饰成一道黑门
谁知道在你临终的时候
曼陀罗的叹息是如此沉重

欧姬芙，一个梦的化身
你的虚无和神秘都是至高无上的
因为现实的存在，从来就没有证明过
一个女人生命的全部！

回望二十世纪

——献给纳尔逊·曼德拉

站在时间的岸边
站在一个属于精神的高地
我在回望二十世纪
此时我没有眼泪
欢乐和痛苦都变得陌生
我好像站在另一个空间
在审视人类一段奇特的历史

其实这一百年
战争与和平从未离开过我们
而对暴力的控诉也未曾停止
有人歌唱过自由
也有人献身于民主
但人类经历得最多的还是专制和迫害
其实这一百年
诞生过无数伟大的幻想
但灾难却也接踵而至
其实这一百年
多种族的人类，把文明又一次推向了顶峰

我们都曾在地球的某一个角落
悄悄地流下过感激的泪水
二十世纪
你让一部分人欢呼和平的时候
却让另一部分人的两眼布满仇恨的影子
你让黑人在大街上祈求人权
却让残杀和暴力出现在他们家中
你让我们认识卡尔·马克思的同时
也让我们见到了尼采
你让我们看见爱因斯坦是怎样提出了相对论
你同时又让我们目睹这个人最后成为基督徒
你曾把许多巨人的思想变得虚无
你也曾把某个无名者的话语铅印成真理
你散布过阿道夫·希特勒的法西斯主张
你宣扬过圣雄甘地的非暴力主义
你让社会主义在一些国家获得成功
同时你又让国际工人运动处于了低潮
在诞生弗洛伊德的泛性论年代
你推崇过霍梅尼和伊斯兰革命
你为了马丁·路德·金闻名全世界
却让这个人以被别人枪杀为代价
你在非洲产生过博卡萨这样可以吃人肉的独裁者
同样你也在非洲养育了人类的骄子纳尔逊·曼德拉

你叫柏林墙在一夜之间倒塌
你却又叫车臣人和俄罗斯人产生仇恨
还没有等阿拉伯人和犹太人真正和解
你又在科索沃引发了新的危机和冲突
你让人类在极度纵欲的欢娱之后
最后却要承受艾滋病的痛苦和折磨
你的确让人类看到了遗传工程的好处
却又让人类的精神在工业文明的泥沼中异化而亡
你把信息时代的技术
传播到了拉丁美洲最边远的部落
你却又让一种文化在没有硝烟的地方
消灭另一种文化
你在欧洲降下人们渴望已久的冬雪
你却又在哥伦比亚暴雨如注
使一个印第安人的村庄毁灭于山洪
你让我们在月球上遥望美丽的地球
使我们相信每一个民族都是兄弟
可你又让我们因宗教而产生分歧与离异
在巴尔干和耶路撒冷相互屠杀
你让高科技移植我们需要的器官
你又让这些器官感受到核武器的恐惧
在纽约人们关心更多的是股市的涨跌
但在非洲饥饿和瘟疫却时刻威胁着人类

是的，二十世纪
当我真的回望你的时候
我才发现你是如此的神秘
你是必然，又是偶然
你仿佛证明的是过去
似乎预示着的又是未来
你好像是上帝在无意间
遗失的一把锋利无比的双刃剑

出征的勇士
2013.6.27

想念青春
——献给西南民族大学

我曾经遥望过时间
她就像迷雾中的晨星
闪烁着依稀的光芒
久远的事物是不是都已被遗忘
然而现实却又告诉我
她近在咫尺，这一切就像刚发生
褪色的记忆如同一条空谷
不知是谁的声音，又在
图书馆的门前喊我的名字
这是一个诗人的圣经
在阿赫玛托娃[1]预言的漫长冬季
我曾经为了希望而等待
不知道那条树荫覆盖的小路
是不是早已爬满了寂寞的苔藓
那个时代诗歌代表着良心
为此我曾大声地告诉这个世界
“我是彝人”

---

〔1〕阿赫玛托娃：著名的俄罗斯女诗人。

命运让我选择了崇尚自由
懂得了为什么要捍卫生命和人的权利
我相信，一个民族深沉的悲伤
注定要让我的诗歌成为人民的记忆
因为当所有的岩石还在沉睡
是我从源头啜饮了
我们种族黑色魂灵的乳汁
而我的生命从那一刻开始
就已经奉献给了不朽和神奇
沿着时间的旅途而行
我嗒嗒的马蹄之声
不知还要经过多少个驿站
当疲惫来临的时候，我的梦告诉我
一次又一次地想念青春吧
因为只有她的灿烂和美丽
才让那逝去的一切变成了永恒！

感恩大地

我们出生的时候
只有一种方式
而我们怎样敲开死亡之门
却千差万别
当我们谈到土地
无论是哪一个种族
都会在自己的灵魂中
找到父亲和母亲的影子
是大地赐予了我们生命
让人类的子孙
在她永恒的摇篮中繁衍生息
是大地给了我们语言
让我们的诗歌
传遍了这个古老而又年轻的世界
当我们仰望璀璨的星空
躺在大地的胸膛
那时我们的思绪
会随着秋天的风儿
飞到很远很远的地方
大地啊，不知道这是为什么？

往往在这样的时刻
我的内心充满着从未有过的不安
人的一生都在向大自然索取
而我们的奉献更是微不足道
我想到大海退潮的盐碱之地
有一种冬枣树傲然而生
尽管土地是如此的贫瘠
但它的果实却压断了枝头
这是对大地养育之恩的回报
人类啊，当我们走过它们的身旁
请举手向它们致以深深的敬意！

我爱她们
——写给我的姐姐和姑姑们

我喜欢她们害羞的神情
以及脖颈上银质的领牌
身披黑色的坎肩
羊毛编织的红裙
举止是那样的矜持
双眸充满着圣洁
当她们微笑的时候
那古铜般修长的手指
遮住了她们的白齿与芳唇
在我的故乡吉勒布特
不知有多少痴迷的凝视
追随着那梦一般的身姿
她们高贵的风度和气质
来自于我们古老文明的精华
她们不同凡响的美丽和庄重
凝聚了我们伟大民族的光辉！

自由

我曾问过真正的智者
什么是自由?
智者的回答总是来自典籍
我以为那就是自由的全部

有一天在那拉提草原
傍晚时分
我看见一匹马
悠闲地走着，没有目的
一个喝醉了酒的
哈萨克骑手
在马背上酣睡

是的，智者解释的是自由的含义
但谁能告诉我，在那拉提草原
这匹马和它的骑手
谁更自由呢?

献给 1987

祭司告诉我
那只雁鹅是洁白的
它就是你死去的父亲
憩息在故乡吉勒布特的沼泽
它的姿态高贵，眼睛里的纯真
一览无余，让人犹生感动
它的起飞来自永恒的寂静
仿佛被一种古老的记忆唤醒
当炊烟升起的时候，像梦一样
飞过山冈之上的剪影
那无与伦比的美丽，如同
一支箭镞，在瞬间穿过了
我们民族不朽灵魂的门扉
其实我早已知道，在大凉山
一个生命消失的那一刻
它就已经在另一种形式中再生！

在绝望与希望之间

——献给以色列诗人耶夫达·阿米亥

我不知道
耶路撒冷的圣书
最后书写的是什么
但我却知道
从伯利恒出发，有一路公交车
路过一家咖啡馆时
那里发生的爆炸，又把
一次绝望之后的希望
在瞬间变成了泡影

我不知道
能否用悲伤去丈量
生命与死亡的天平
因为在耶路撒冷的每一寸土地
这一切都习以为常
但尽管这样，我从未停止过
对暴力的控诉
以及对和平的渴望
我原以为子弹能永远

停留在昨天的时辰
然而在隔离墙外，就在今天
鲜红的血迹
湿透了孩子们的呐喊
为此，我不再相信至高无上的创造力
那是因为暴力的轮回
把我们一千次的希望
又变成了唯一的绝望

这座城市的历史
似乎就是一种宿命
从诞生的那一天开始
背叛和憎恨就伴随着人们
抚摸这里的石头
其实就是抚摸人类的眼泪
（因为在这里倾听石头
你能听到的只有哭泣！）

我不知道
耶路撒冷的圣书
最后书写的是什么
但我却知道
耶路撒冷这座古城
在希望与绝望之间

只有一条道路是唯一的选择
——那就是和平！

我承认，我爱这座城市[1]

这个城市的午后
是阳光最美好的时刻
鸽群的影子，穿行在
高楼与林木的四周
那些消失的
雾霭和青烟
如同玛瑙的碎片
闪烁在远处的群山之间
这个城市的无穷魅力，或许
就是因为它的起伏不平
它的美是神秘的，像一则寓言

我承认，我爱这个城市
那是因为我每次见到它
它给我的惊喜和陌生的感觉
要远远超过我对它的熟悉
它似乎永远埋藏着一种激情
就像一个年轻而又充满了

---

〔1〕在第二次世界大战中，日军曾对重庆实施大轰炸，造成贫民严重伤亡。

野性的少妇
每当我看见夜色
沉落在歌乐山巅
山城的万家灯火，便开始演奏
一部穿越时空的交响乐
那些星星般闪耀的音符
集合起金色的船队
把这座东方名副其实的山城
演绎成一片波峰浪谷的
最为神奇的光的海洋
不知道为什么
往往在这样的时候
我就会想到六十多年前
这座城市所经历的
那场惨绝人寰的大轰炸
我不敢肯定，在这些灯光中
有没有死者的眼睛
在另一个世界
审视着我们
他们是因悲愤
而惊恐万分的老人
是由于窒息，流血的十指
插入防空洞土墙的妇女
是那些张着嘴，但已经死去

怀里还抱着婴儿的母亲
我知道，那是五万多生命
他们的控诉
已成为永远的呐喊

是的，我爱这座城市
还有一个特殊的原因
那就是这座伟大的城市
与它宽厚善良的人民一样
把目光永远投向未来
从不复制仇恨
在这里，时间、死亡以及生命
所铸造的全部生活
都变成了一种
能包容一切的
沉甸甸的历史记忆！
从某种意义而言
这个城市对战争的反思
对和平的渴望
就是今天的中国
对这个世界的回答！

敬畏生命
——献给藏羚羊

我要
向你们道歉
尽管我不知道
是哪一支枪
射击了你们？
同样，我也要向
你们证实
我不知道
是哪一颗子弹
穿过了黝黑的
——枪管
杀死了你们的同胞

向你们道歉
你们是
青藏高原
真正的主人
是这片疆域
至高无上的灵魂

因为有了
你们的存在
生命的承受力
才超越了极限
并把一种速度
变成了奇迹
你们是雪山
永恒的影子
是原野上
黑夜中闪光的白银
你们的每一次迁徙
都是一次历险
在太阳部落
生死轮回的家族中
你们永远
象征着勇敢和自由

哎，向你们道歉
我是多么的
惊恐而又自卑
虽然
在我的身上
没有沾染
你们的血迹

我也没有参与
任何一次针对你们的
阴谋和聚会
但当事实的真相
最终
呈现在世界的面前
我为自己
作为一个人
而感到羞耻
因为我们已经知道
这一场大屠杀的
制造者
并不是别的动物
而是万物之首的
——人！

原谅我吧
原谅我们吧
今天向你们道歉
我们无法
用别的名义
更不能代表
这个地球上
除了人类之外的

其他生命个体
因为它们对于你来说
都是无罪的
向你们道歉
这是一次道德和良心的
审判
我们别无选择
因为只有这样
我们才有权利说
作为人与你们
共同生活在
这片土地上
是能被宽恕的

向你们道歉
我们只有
一个名义
那就是以人的名义
或者说以人类的名义！

献给这个世界的河流

我承认
我曾经歌颂过你
就如同我曾经歌颂过土地和生命
在这个世界上
不知有多少诗人和智者
用不同的文字赞美过你
因为你的存在
不知又有多少诗篇
成为了人类的经典
诚然不是我第一个
把你喻为母亲
但是你的乳汁却千百年来
滋养着广袤的大地
以及在大地上生活着的人们
我承认
是你创造了最初的神话
是你用无形的手
在那金色的岸边开始了耕种
相信吧，人类所有的文明
都因为河流的养育

才充满了无限的生机
我们敬畏河流，那是因为河流是一种象征
它崇高的名字就像一部史诗
它真实地记录着人类历史的进步和苦难
我们向文明致敬
实际上就是在向那些伟大的河流致敬
是河流给了我们智慧
是河流传授给了我们不同种族的语言和文化
同样也是河流给了我们
千差万别的生活方式和信仰
我承认，河流！你的美丽曾经无与伦比
就像一个睡眠中的少女
当你走过梦幻般的田野
其实你已经把诗歌和爱情都给了我们
相信吧，在多少民族的心目中
你就是正义和自由的化身
你就是人类的良心和眼泪
你帮助过弱者，你给被压迫者以同情
你的每一罐圣水，沐浴的是人的灵魂
你给不幸的人们
馈赠的永远是生活的信心和勇气
我承认，人类对你的伤害是深重的
当我们望着断流的河岸
以及你那遭到污染的身躯

我们的忏悔充满着悲伤
相信吧，河流！我们向你保证
为了捍卫你的歌声和光荣
我们将不惜献出自己的生命
河流啊，人类永恒的母亲
让我们再一次回到你的怀中
让我们再一次呼唤你的尊严和名字吧！

记忆中的小火车
——献给开远的小火车

那是一列
名副其实的小火车
它开过来的时候
司机的头探出窗外
他的喜悦
让所有看见他的人
都充满着少有的幸福
小火车要在无数个
有名字或者说没有名字的
站台上停留
那些赶集的人们
可以从这一个村寨
赶到另一个他们从未去过的集镇
火车是拥挤的
除了人之外，麻布口袋里的乳猪
发出哼哼的低吟
竹筐里的公鸡
认为它们刚从黑夜
又走到了一个充满希望的黎明

它们高昂的鸣叫此起彼伏
火车上还有穿着绣花服饰的妇女
她们三五成群
在那里掩着嘴窃窃私语
吸水烟筒的老人
仿佛永远蹲在一个黑暗的角落
水烟的味道弥漫在空气中
听他们说
那是一列名副其实的小火车
但是，既然，其实，不过
这似乎已经是
一件记忆里久远的事了

听他们说
那是一列名副其实的小火车
它就像一个传说中的故事
又像一条梦中的河流
然而这一切——
对于我们今天的回忆而言
是多么的温暖啊
尽管有时莫名的悲伤
也让我们的双眼饱含着泪水！

地中海

那是泉水的歌唱
那是古代的源流弥漫着阳光
礁石的嘴唇
白昼的乳汁
风信子悠然地飞舞
陶罐接受浴女的低吟

那是渴望的仙女
闪烁不定的暗示
那是一口芬芳的呼吸
那是一件郁金香的外衣

那是十足的倦意
那是地道的诱惑
那是波光粼粼的眼泪
上帝用仁慈的手
把他们的痛苦抚平

罗马的太阳

滚动的太阳，不安的太阳
渴望一千次被接受的太阳
女神的目光
礁石的歌唱
告诉我，快告诉我
那里是不是有一片受孕的海洋

如水的太阳，意念的太阳
让大地和万物进入梦幻的太阳
瞬间便是夜晚
一切都是遗忘
告诉我，快告诉我
那里是不是有一片睡眠的鹅黄

无声的太阳，灵性的太阳
穿过了时间和虚无的太阳
变形的手指
握着大地的根须
畅饮生命的琼浆
告诉我，快告诉我

那里是不是有一片超现实的土壤

神秘的太阳，缥缈的太阳
为所有的灵魂寻找归宿的太阳
远处隐隐的回声
好像上帝的脚步
就要降临光明的翅膀
告诉我，快告诉我
那里是不是有一片神圣的上苍

南方

南方啊，我歌唱你
我歌唱你的海洋
那些数不清的、星星一样的小岛
南方啊，你是柔情的项链
你是西西里少女手中的夹竹桃
你有勤劳的农妇
你的孩子们睡着了
头枕着海洋那永恒的摇篮
南方啊，你是生命中的遥远
眼睛般多情的葡萄
柠檬花不尽的芬芳
你是竖琴手一生吮吸的太阳
南方啊，你有青铜和大理石的古老
尽管你伤痕累累
但从未停止过对明天的向往
南方啊，你有时是贫困的
就像意大利母亲干瘪的乳房
当我在昏暗的灯光下
读着夸西莫多为你写下的诗行
我便明白了这个历尽沧桑的游子

为什么最后要长眠在你的怀中
南方啊，我要歌唱你
请接受一个中国彝人的礼赞吧！

在这样的时刻

我喜爱芦苇的绿叶
我渴望在米兰花的丛中睡个好觉
那里阳光格外柔软
时间被披搭在肩上
要是在西西里，我要躺在海的身旁
听听幽婉的海螺
把我的遐思带到远方
我还要到中部去，看看埃米利亚人
听说那里的舞蹈非常有趣
跳舞的都是美丽的少女

啊，在这样的时刻
我不能不对你们说
世界的统治者们，武器的制造商
我们需要的永远不是
原子弹和血淋淋的刺刀

岛

岛啊，总有一天我会走完
这漫长人生的旅程
最后抵达你的港湾
岛啊，你在时间和生命之外
那里属于另一个未知的空间
岛啊，你是永恒的召唤
我无法拒绝你
就像无法拒绝我的爱
岛啊，你看见了吗
我正朝着你的方位走来
我那生命的小舟
飘摇在茫茫的大海

水和玻璃的威尼斯

水的枝叶是威尼斯
水的果实是威尼斯
威尼斯是一段流动的小提琴曲
威尼斯是一首动人心魄的诗

玻璃的感觉是威尼斯
玻璃的梦幻是威尼斯
威尼斯是一件最完美的艺术品
威尼斯是一幅最古典的画面

神秘莫测的是威尼斯
充满诱惑的是威尼斯
威尼斯是一只妓女和罪恶的船舶
威尼斯是一则被重复了千遍的故事

访但丁

或许这是天堂的门？
或许这是地狱的门？

索性去按门铃，
我等待着，
开门。

迟迟没有回响。

谁知道今夜
但丁到哪里去了？！

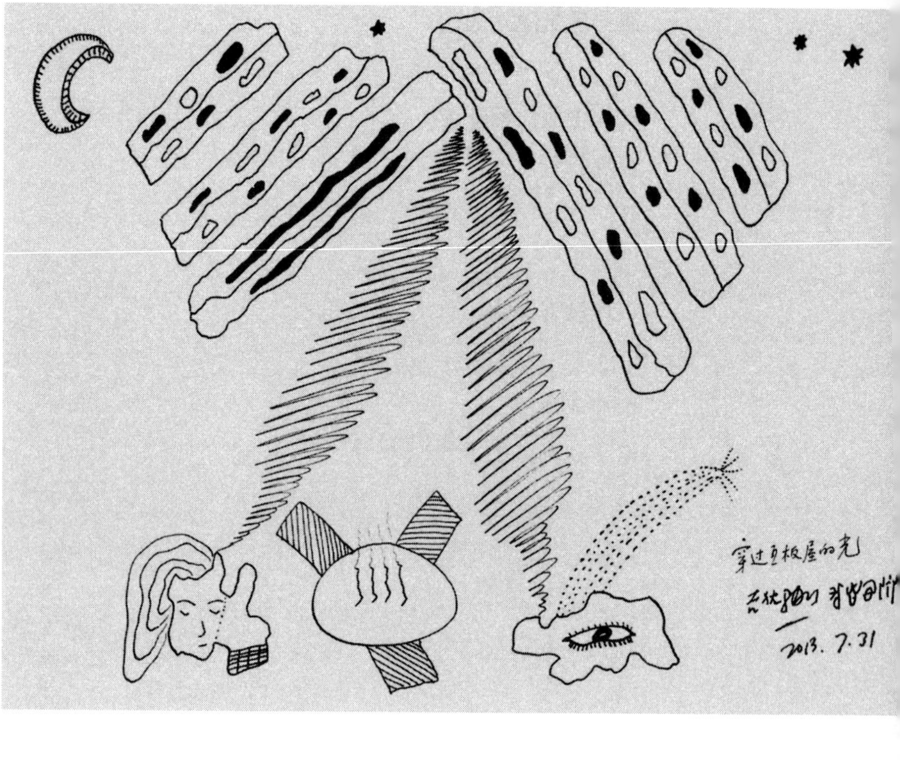
穿过木板屋的光
2013. 7. 31

头发

——写给弗朗西斯科·林蒂尼[1]

我说过我要写你的头发
那是在一只威尼斯的游船上

我说过我要写你的头发
它让我想起
西西里宁静而悠远的海浪
那里滚动着
三叶草与风信子的谜语

我说过我要写你的头发
它让我想起
地中海正午迷乱的阳光
大海洁白无瑕的积盐
它让我想起
所有时间之外
已经死去的空白
那里有鱼的轨迹，海鸟的历险

---

〔1〕弗朗西斯科·林蒂尼：当代意大利作家，蒙代罗国际文学奖评委会主席。已逝世。

以及大理石上
那些预言宿命的纹路
我说过我要写你的头发
那是在一只威尼斯的游船上
我想我不会记错

河流的儿子

——献给朱泽培·翁加雷蒂[1]

你用头
承受阳光
在伊桑佐河

它把
稀有的
幸福给你
让你
在瞬间遗忘
祖先的痛苦

你沿着
河流而上
你看见
金亚麻
在沙漠中
燃烧

---

[1] 朱泽培·翁加雷蒂：著名意大利“隐逸派”代表性诗人之一，也是第二次世界大战以来，欧洲最杰出的诗人之一。已逝世。

你曾在
尼罗河沐浴
后来
你从那里
走向远方

你是
流浪的旅人
在这个世界上
当你
筋疲力尽
塞纳河
又将你
搂进了怀里

你是
河流的儿子
它们都轻唤着
你的名字

无题

“你看见了吗？
那是一支勿忘我花
它在花瓶中
虽然与其它花儿簇拥在一起
但它那纯粹的紫色
却是那样特立独行。”
是的，亲爱的宝贝，我已经看见了
但在这样的时刻
我又怎能用苍白的语言去表白
对你的爱是如此的纯真
这突如其来的爱令人措手不及
我真的不想用世俗的话语
去承诺一百年之后的那个夜晚
但就在今天我依然要告诉你
我既然选择了你，就不会再有变节和背叛！

但是……

我听见他们在向你喝彩
为你那青春洋溢的歌声
为了你那无与伦比的高贵气质
另外，我无法全部肯定
还有多少人迷恋你修长的身材
以及你那天鹅般美丽的脖颈
但是，对于我来说
绝不仅仅是这些
我爱你的眼泪
是那一滴在没有人的时候
悄悄滑落在脸庞上的泪水
它不代表欢乐
它只表达叹息和悲伤
我还爱你的伤口
爱你双眸的阴影中
那一丝旁人无法察觉的沧桑
因为我明白
那些流言蜚语的制造者
都曾将你的心灵伤害
他们的谎言和泼向你的脏水

就如同撒在
你伤口上的盐！
是的，我亲爱的宝贝
在你的灵魂独自面对
另一个灵魂的时候
我愿意听你倾诉，听你哭泣
我知道，在这个世上
只有我爱你的灵魂，甚于爱你的肉体！

或许我从未忘记过

——写给我的出生地和童年

我做过许多的梦
梦中看见过最多的情境
是我生长的小城昭觉
唉，那时候
我的童年无忧无虑
在群山的深处，我曾看见
季节神秘地变化
万物在大地和天空之间
悄然地转换着生命的形式
在那无尽的田野中
蜻蜓的翅膀白银般透明
当夜幕来临的时候
独自躺在无人的高地
没有语言，没有意念，更没有思想
只有呼吸和生命
在时间和宇宙间沉落
我似乎很早就意识到死亡
但对永恒和希望的赞颂
却让我的内心深处

充满了对生活的感激
谁能想象，我所经历的
少年时光是如此美好
或许我从未忘记过
一个人在星空下的承诺
作为一个民族的诗人和良心
我敢说：一切都从这里拉开了序幕！

致他们

不是因为有了草原
我们就不再需要高山
不是因为海洋的浩瀚
我们就摒弃戈壁中的甘泉
一只鸟的飞翔
让天空淡忘过寂寞
一匹马驹的降生
并不妨碍骆驼的存在
我曾经为一个印第安酋长而哭泣
那是因为他的死亡
让一部未完成的口述史诗
永远地凝固成了黑暗！
为此，我们热爱这个地球上的
每一个生命
就如同我们尊重
这个世界万物的差异
因为我始终相信
一滴晨露的晶莹和光辉
并不比一条大河的美丽逊色！

我曾经……

我曾经在祁连山下
看见过一群羊羔
它们的双腿
全部下跪着
在吮吸妈妈的乳房
它们的行为让我感动
尤其是从它们的眼睛里
我看到了感恩和善良
也许作为人来说
在这样的时候
我们会感到某种羞愧
也许我们从一个城市
到了另一个城市
我们已经记不清楚
所走过的道路
是笔直的更多，还是弯曲的占了上风
我们从哪里来？
我们又要到哪里去？
仿佛我们
都是流浪的旅人

其实我要说，在物欲的现实面前
我们已经在生活的阴影中
把许多最美好的东西遗忘
有时我们甚至还不如一只
在妈妈面前下跪的小羊！

水和生命的发现

原谅我，大自然的水
我生命之中的水
或许是因为我们为世俗的生活而忙碌
或许是因为我们关于河流的记忆早已干枯
水！原谅我，我已经有很长时间
在梦想和现实的交错中将你遗忘
我空洞的思想犹如一口无底的井
在那黑暗的深处，我等待了很久
水！水！我要感谢你，在此时此刻
我的生命又在你的召唤下奇迹般地惊醒
是因为水，人类才抒写出了
那超越时空的历史和文明
同样也是因为水，我们这个蓝色的星球
才能把生命和水的礼赞
谦恭地奉献给了千千万万个生命
让我们就像敬畏生命一样敬畏一滴水吧
因为对人类而言，或者说对所有的生命而言
一滴水的命运或许就预言了这个世界的未来！

蒂亚瓦纳科[1]

风吹过大地
吹过诞生和死亡
风吹过大地
吹透了这大地上
所有生命的边疆
遗忘词根
遗忘记忆
遗忘驱逐
遗忘鲜血
这里似乎只相信遗忘
然而千百年
这里却有一个不争的事实
在深深的峡谷和山地中
一个、两个、成千上万个印第安人
在孤独地行走着
他们神情严肃
含着泪花，默默无语
我知道，他们要去的目的地

---

〔1〕蒂亚瓦纳科：玻利维亚一处重要的印第安古老文化遗迹。

那是无数个高贵的灵魂
通向回忆和生命尊严的地方
我知道，当星星缀满天空
罪行被天幕隐去
我不敢肯定，在这样的时候
是不是太阳石的大门
又在子夜时分为祭献而开
蒂亚瓦纳科，印第安大地的肚脐
请允许我，在今天
为一个种族精神的回归而哭泣！

面具

——致塞萨尔·巴列霍[1]

在沉默的背后
隐藏着巨大的痛苦
不会有回音
石头把时间定格在虚无中
祖先的血液
已经被空气穿透
有谁知道？在巴黎
一个下雨的傍晚
死去的那个人
是不是印第安人的儿子
那里注定没有祝福
只有悲伤、贫困和饥饿
仪式不再存在
独有亡灵在黄昏时的倾诉
把死亡变成了不朽
面具永远不是奇迹
而是它向我们传达的故事
最终让这个世界看清了
在安第斯山的深处
有一汪泪泉！

---

〔1〕塞萨尔·巴列霍：20世纪秘鲁最伟大的印第安现代主义诗人。

祖国
——致巴波罗·聂鲁达[1]

我不知道
你在地球上走到了多远的地方
我只知道
你最终是死在了这里
在智利海岬上
你的死亡
就如同睡眠
而你真正的生命
却在死亡之上
让我们感谢上帝
你每天每时都能听见大海的声音！

〔1〕巴波罗·聂鲁达：20世纪智利伟大的民族诗人，诺贝尔文学奖获得者。

脸庞

——致米斯特拉尔[1]

这是谁的脸庞？
破碎后撒落在荒原
巨大的寂静笼罩我们
在那红色石岩的高处
生命的紫色最接近天空
有一阵风悄然而来
摇动着枯树的枝桠
那分明是一个自由的灵魂
传递着黎明即将分娩的消息
这里没有死亡
而死亡仅仅是另一种符号
当夜幕降临，你的永恒存在
再一次证明了一个真实
你就是这片苍茫大地的女王。

---

〔1〕米斯特拉尔：20世纪智利伟大的女诗人，诺贝尔文学奖获得者。

真相

——致胡安·赫尔曼

寻找墙的真实
翅膀飞向
极度的恐慌
在词语之外
意识始终爬行在噩梦的边缘
寻找射手的名字
以及子弹的距离
谎言被昼夜更替
无论你到哪儿歌唱
鸟的鸣叫
都会迎来无数个忧伤的黎明
没有选择，当看见
死者的骨骼和发丝
你的眼睛虽然流露出悲愤
而心却像一口无言的枯井

玫瑰祖母

献给智利巴塔哥尼亚地区卡尔斯卡尔族群中的最后一位印第安人，她活到98岁，被誉为“玫瑰祖母”。

——题记

你是风中
凋零的最后一朵玫瑰
你的离去
曾让这个世界在瞬间
进入全部的黑暗
你在时间的尽头回望死去的亲人
就像在那浩瀚的星空里
倾听母亲发自摇篮的歌声
悼念你，玫瑰祖母
我就如同悼念一棵老树
在这无限的宇宙空间
你多么像一粒沙漠中的尘埃
谁知道明天的风
会把它吹向哪里？
我们为一个生命的消失而伤心

那是因为这个生命的基因
已经从大地的子宫中永远地死去
尽管这样，在这个星球的极地
我们依然会想起
杀戮、迫害、流亡、苦难
这些人类最古老的名词
玫瑰祖母，你的死是人类的灾难
因为对于我们而言
从今以后我们再也找不到一位
名字叫卡尔斯卡尔的印第安人
再也找不到你的族群
通往生命之乡的那条小路

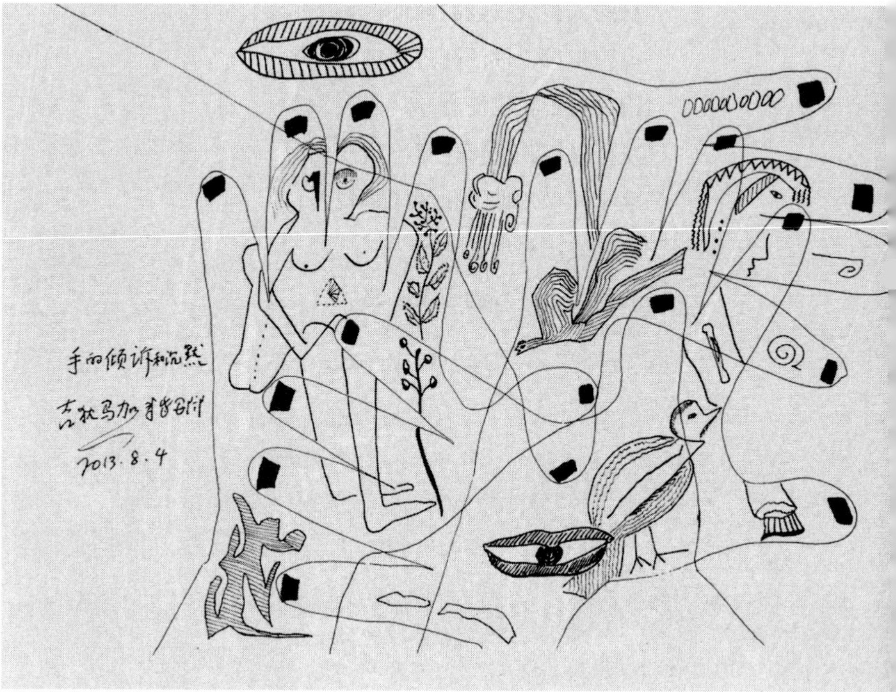
手的倾诉和沉默
吉狄马加
2013.8.4

因为我曾梦想

——我的新年贺辞

让我们在期待明天的时候，
再看一眼渐渐远去的昨天吧；
因为我曾目睹——时间的面具，
怎样消失在宇宙无限的夜色之中。
而那些生命里最温暖的记忆，
却永远地埋葬在了昨天的某一个瞬间！

让我们在回望昨天的时候，
别忘了想象就要来临的明天吧；
因为我曾梦想——人类伟大的思想，
要比生命和死亡的永恒更为久长。
或许不要忧虑未来的日子是否充满了阴霾，
相信明天吧，因为所有的奇迹都可能出现！

嘉那嘛呢石[1]上的星空

是谁在召唤着我们？
石头，石头，石头
那神秘的气息都来自于石头
它的光亮在黑暗的心房
它是六字真言的羽衣
它用石头的形式
承载着另一种形式

每一块石头都在沉落
仿佛置身于时间的海洋
它的回忆如同智者的归宿
始终在生与死的边缘上滑行
它的倾诉在坚硬的根部
像无色的花朵
悄然盛开在不朽的殿堂
它是恒久的纪念之碑
它用无言告诉无言

---

〔1〕嘉那嘛呢石：玉树以嘉那命名的嘛呢石堆，石头上均刻有藏族经文，其数量为藏区嘛呢石之最，据不完全统计，有二十五亿块嘛呢石。

它让所有的生命相信生命
石头在这里
就是一本奥秘的书
无论是谁打开了首页
都会目睹过去和未来的真相
这书中的每一个词语都闪着光
雪山在其中显现
光明穿越引力，蓝色的雾霭
犹如一个飘渺的音阶

每一块石头都是一滴泪
在它晶莹的幻影里
苦难变得轻灵，悲伤没有回声
它是唯一的通道
它让死去的亲人，从容地踏上
一条伟大的旅程
它是英雄葬礼的真正序曲
在那神圣的超度之后
山峦清晰无比，牛羊犹如光明的使者
太阳的赞辞凌驾于万物
树木已经透明，意识将被遗忘
此刻，只有那一缕缕白色的炊烟
为我们证实
这绝不是虚幻的家园

因为我们看见
大地没有死去，生命依然活着
黎明时初生婴儿的啼哭
是这片复活了的土地
献给万物最动人的诗篇

嘉那嘛呢石，我不了解
这个世界上还有没有比你更多的石头
因为我知道
你这里的每一块石头
都是一个不容置疑的个体生命
它们从诞生之日起
就已经镌刻着祈愿的密码
我真的不敢去想象
二十五亿块用生命创造的石头
在获得另一种生命形式的时候
这其中到底还隐含着什么？

嘉那嘛呢石，你既是真实的存在
又是虚幻的象征
我敢肯定，你并不是为了创造奇迹
才来到这个世界
因为只有对每一个个体生命的热爱
石头才会像泪水一样柔软

词语才能被微风千百次地吟诵
或许，从这个意义上而言
嘉那嘛呢石，你就是真正的奇迹
因为是那信仰的力量
才创造了这超越时间和空间的永恒

沿着一个方向，嘉那嘛呢石
这个方向从未改变，就像刚刚开始
这是时间的方向，这是轮回的方向
这是白色的方向，这是慈航的方向
这是原野的方向，这是天空的方向
因为我已经知道
只有从这里才能打开时间的入口

嘉那嘛呢石，在子夜时分
我看见天空降下的甘露
落在了那些新摆放的嘛呢石上
我知道，这几千块石头
代表着几千个刚刚离去的生命
嘉那嘛呢石，当我瞩望你的瞬间
你的夜空星群灿烂
庄严而神圣的寂静依偎着群山
远处的白塔正在升高
无声的河流闪动着白银的光辉

无限的空旷如同燃烧的凯旋
这时我发现我的双唇正离开我的身躯
那些神授的语言
已经破碎成无法描述的记忆
于是，我仿佛成为了一个格萨尔传人
我的灵魂接纳了神秘的暗示

嘉那嘛呢石，请你塑造我
是你把全部的大海注入了我的心灵
在这样一个蓝色的夜晚
我就是一只遗忘了思想和自我的海螺
此时，我不是为吹奏而存在
我已是另一个我，我的灵魂和思想
已经成为了这片高原的主人
嘉那嘛呢石，请倾听我对你的吟唱
虽然我不是一个合格的歌者
但我的双眼已经泪水盈眶！

一首诗的两种方式
——献给东方伟大的山脉昆仑山

雪山：金黄色的火焰（第一种方式）

在人迹罕至的可可西里
我曾有过这样的经历
那是夜色来临的秋天
一个人伫立在无边的旷野
有一座圣殿般的雪山
当我把它遥望，心中油然而生的
是对生命的敬意和感激
我并不感到寒冷，在那纯洁的山顶上
白雪燃烧成金色的火焰
而我的思想和欲望，正在变轻
虽然此刻，我已经无法看见
那遥远的星群，天空的幻象
是如何坠入黑暗的母腹
但我的身体和灵魂告诉我
同样在这个时辰，在这无限的宇宙空间
我正置身于这苍茫大地的中央
我知道，这是最后的选择

当我的舌尖传颂着神灵的赞辞
远方的大海停止了蓝色的渴望
我们是真正的雪族十二子
刚刚从英雄的挽歌中复活
只有在这太阳永恒的领地
鸟的影子，生命的轮回
才能让我们的记忆变成永恒
在这样的夜晚，守望那山巅
传说闪耀着宁静的光辉
此时，我就像一个祭献者
泪流满面，尽管一无所有
因为我已经承诺我命运中的箴言
都将倾诉给黄昏的使者
我发现我的灵魂在寻找一个方向
穿过了山谷，穿过了透明的空气
穿过了原野，穿过了自由的王国
我看见它，像一只金色的神鹰
最终抵达了人类光明的入口！

圣殿般的雪山（第二种方式）

圣殿般的雪山
在可可西里的暮色上

燃烧着金色的火焰
我呼吸秋天无边的旷野
遥望星群以及天空的幻象
如何坠入黑暗的母腹

我的思想和欲望，正在变轻
我知道，这是最后的选择
当我的舌尖传颂着神灵的赞辞
远方的大海停止了蓝色的渴望

我们是真正的雪族十二子
刚刚从英雄的挽歌中复活
只有在这太阳永恒的领地
鸟的影子，生命的轮回
才能让我们的记忆变成永恒

传说在山巅闪耀着宁静的光辉
此时，我就像一个祭献者
泪流满面，尽管一无所有
因为我已经承诺我命运中的箴言
都将倾诉给黄昏的使者

我发现我的灵魂在寻找一个方向
穿过了山谷，穿过了透明的空气

穿过了原野，穿过了自由的王国
我看见它，像一只金色的神鹰
最终抵达了人类光明的入口！

我把我的诗写在天空和大地之间

我把我的诗写在天空和大地之间，
那是因为，只能在这辽阔的天宇，
我才能书写这样的诗句。
其实，在这个奇迹诞生之前，时间的影子
也曾千百次地穿越我们。
我们是自然之子，是雪豹的兄弟，
是羚羊的化身，是尊贵的冠冕，
是那天幕上一颗永恒的祖母绿。
也许那是另一个我，像一个酋长，
青铜的额头上缀满着星星的宝石。
我想写，当我重返大地的子宫，
我看见我的诗，如同黄金和白银的饰带，
虽然没有声音，却泪珠闪烁。
原谅我，巴颜喀拉[1]的诸神，
今天我在黎明前就穿着盛装苏醒，
并不是像往日那样参加你的仪式，而我的
歌唱却正在成为人类幸福的赞歌。

我把我的诗写在天空和大地之间，

---

〔1〕巴颜喀拉山：位于青藏高原的一座著名的山。

那是因为，神鹰的记忆是唯一的高度。
当光明和黑暗在星球的海洋里转换方向，
亘古不变的太阳，又是谁加冕于你，
让你成为真正的无冕之王。万物的首领。
就在这个梦想变成现实的底部，
无数的灵魂都曾将信仰的火草点燃，
劈开黑色的沟壑，渴望那一条条深沉的河流。
所有的生命都没有目的，我们一直在等待。
我们等待的石头依然是石头。
我们等待时间被时间证明后还是时间。
我们等待一个结束，
其实是另一个结束之前的开始。
我们的等待在杀死等待。
让词汇的意义相反，让缄默呐喊。
让刚刚诞生的生命，死于一千年前的今天。
我们的庆典，不是为了肉体孤独的那一部分，
我们是为那光明和温暖的使者已经来临，
他已经吹响了神圣的号角，像一只独角兽
站在那群山护卫的城郭上。

我把我的诗写在天空和大地之间，
那是因为，我的诞生就是诞生，
而我的死亡却不是死亡。

那是因为，我从遥远的未来返回，
我没有名字，我的名字就是这片高原的名字。
我把我的诗写在天空和大地之间，
我为红色的理想呼唤。我为红色的颜色
添加更多的红色。因为我早已热泪盈眶！
我知道，那是一群人类的英雄，
他们全部的壮举，并不为世人所知晓。
是他们打碎了一个远古的神话，而就在
这个神话的碎片还没有站起来的时候，
他们又创造了一个属于今天的神话。
我不能一一说出他们的名字，就如同我这个歌者
遗忘了自己的名字。
他们属于一个伟大的集体。他们高尚的灵魂，
已经嵌入了这片土地的身躯。

我相信，没有一句诗能全部概括他们创造的伟业，

尽管如此，我还是要为他们写出这篇赞美的颂辞！

木兰

你不是传说
你是传说铸造的真实
你不是故事
你是故事虚构的不朽
回来吧，回到日夜思念你的故乡
回来吧，回到充满爱情的家园
当时间在记忆中燃烧
那遥远的沙场，像梦一样
落日的眼泪，闪着黄金的光
木兰，是不是在一个瞬间
或者说在那出征的全部岁月
你已经将自己彻底地遗忘？
木兰，一个永远传之后世的名字
一个死去了却还活着的女人
让我们感谢你
就如同感谢你所经历过的
所有苦难和命运
是你让我相信，如果必须
面对生命和死亡的抉择
女人的勇气绝不逊色于男人

木兰，在这千百次复活你的舞台上
如果没有你的出现
这个世界也会变得黯然失色！

羊驼

不知道为什么？
远远地看去
它的身影充满着人的神态
并不是今天它才站在这里
它曾无数次地穿过
时间和历史的隧道
尽管它的祖先，在反抗压迫凌辱时
所选择的死亡方式从未改变
只有无言的抗争
以及岩石般的沉默
难怪何塞·马蒂这样讲
羊驼自己倒地而死
常常是为了捍卫生命的尊严
我还记得，当我从安第斯山归来
有人问我印第安人的形象
我便会不假思索地说：
先生……是的……多么像……
你在秘鲁遇见过的羊驼！

时间的流程

——致罗贝托·阿利法诺

曾有过这样的经历
当看见火焰渐渐熄灭的时候
只有更浓重的黑暗
吞噬了意识深渊里的海水
我有一个小小的发现
时间只呈现在空白里
否则我们必须目睹
影子如何在变长，太阳的光线
被铸成金币，在这个世界上
尽管无数的人都已经死亡
但这块闪光的金属却还活着
其实这并不能证明一个事实
它就能永远地存活下去……

印第安人的古柯[1]

你已经被剥夺了一切
只剩下
口中咀嚼的古柯
我知道
你咀嚼它时
能看见祖先的模样
可以把心中的悲伤
倾述给复活的死亡
你还能在瞬间
把这个失去公正的世界
短暂地遗忘
然而，我知道
这一切对于你是多么地重要
虽然你已经一无所有
剩下的
就是口中的古柯
以及黑暗中的——希望！

---

〔1〕古柯：生长在安第斯山区，含多种生物碱，被印第安人视作神圣植物，据说咀嚼时能产生通灵之感。

孔多尔神鹰[1]

在科尔卡峡谷的空中
飞翔似乎将灵魂变重
因为只有在这样的高度
才能看清大地的伤口
你从诞生就在时间之上
当空气被坚硬的翅膀划破
没有血滴，只有羽毛的虚无
把词语抛进深渊
你是光和太阳的使者
把颂辞和祖先的呓语
送到每一位占卜者的齿间
或许这绵绵的群山
自古以来就是你神圣的领地
你见证过屠杀、阴谋和迫害
你是苦难中的记忆，那俯瞰
只能是一个种族的化身
至高无上的首领，印第安人的守护神
因为你的存在，在火焰和黑暗的深处
不幸多舛的命运才会在瞬间消失！

---

〔1〕孔多尔神鹰：安第斯山脉中最著名的巨型神鹰，被印第安人所敬畏和崇尚。

康杜塔花[1]

在高高的安第斯山上
你为谁而盛开？
或许这是一个不解的谜
当一千种声音
把你从四面八方包围
孤独的枝叶，在夜色中
将伸向星光的欲望变轻
黎明时分，晨露晶莹剔透
太阳的光芒，刺穿沉寂
那一尘不染的天空
没有回音，你终于
在大地的头颅中睡去
没有丝毫的犹豫，特立独行
就像一场轰轰烈烈的爱情
在等待漫长的瞬间
我知道，康杜塔花
印第安王国美丽的公主
只有听见那动人的排箫
你才会露出圣洁的脸庞。

〔1〕康杜塔花：印加帝国国花，据说当她听见印第安人的排箫时才会开放。

火塘闪着微暗的火

我怀念诞生，也怀念死亡。
当一轮月亮升起在吉勒布特高高的白杨树梢。
在群山之上，在黑暗之上，
那里皎洁的月光已将蓝色的天幕照亮。
那是记忆复活之前的土地，
我的白天和夜晚如最初的神话和传说。
在破晓的曙光中，毕阿史拉则[1]赞颂过的太阳，
像一个圣者用它的温暖，
唤醒了我的旷野和神灵，同样也唤醒了
我羊毛披毡下梦境正悄然离去的族人。
我怀念，我至死也怀念那样的夜晚，
火塘闪着微暗的火，亲人们昏昏欲睡，
讲述者还在不停地述说……我不知道谁能忘记！
我的怀念，是光明和黑暗的隐喻。
在河流消失的地方，时间的光芒始终照耀着过去，
当威武的马队从梦的边缘走过，
那闪动白银般光辉的马鞍
终于消失在词语的深处。此时我看见了他们，
那些我们没有理由遗忘的先辈和智者，其实

〔1〕毕阿史拉则：是彝族历史上著名的祭司和文化传承人。

他们已经成为了这片土地自由和尊严的代名词。
我崇拜我的祖先，那是因为
他们曾经生活在一个英雄时代，每一部
口述史诗都传颂着他们的英名。
当然，我歌唱过幸福，那是因为我目睹
远走他乡的孩子又回到了母亲身旁。
是的，你也看见过我哭泣，那是因为我的羊群
已经失去了丰盈的草地，我不知道
明天它们会去哪里？
我怀念，那是因为我的忧伤，绝不仅仅是忧伤本身，
那是因为作为一个人，
我时常把逝去的一切美好怀念！

身份
——致穆罕默德·达尔维什[1]

有人失落过身份
而我没有
我的名字叫吉狄马加
我曾这样背诵过族谱
…吉狄吉姆吉日阿伙…
…瓦史各各木体牛牛…
因此，我确信
《勒俄特依》[2]是真实的
在这部史诗诞生之前的土地
神鹰的血滴，注定
来自沉默的天空
而那一条，属于灵魂的路
同样能让我们，在记忆的黑暗中
寻找到回家的方向
难怪有人告诉我
在这个有人失落身份的世界上

〔1〕穆罕默德·达尔维什（1941—2008）：当代最伟大的阿拉伯诗人，巴勒斯坦国歌词作者。

〔2〕《勒俄特依》：彝族历史上著名的创世史诗。

我是幸运的，因为
我仍然知道
我的民族那来自血液的历史
我仍然会唱
我的祖先传唱至今的歌谣
当然，有时我也充满着惊恐
那是因为我的母语
正背离我的嘴唇
词根的葬礼如同一道火焰
是的，每当这样的时候
达尔维什，我亲爱的兄弟
我就会陷入一种从未有过的悲伤
我为失去家园的人们
祈求过公平和正义
这绝不仅仅是因为
他们失去了赖以生存的土地
还因为，那些失落了身份的漂泊者
他们为之守望的精神故乡
已经遭到了毁灭！

火焰与词语

我把词语掷入火焰
那是因为只有火焰
能让我的词语获得自由
而我也才能将我的全部一切
最终献给火焰
（当然包括肉体和灵魂）
我像我的祖先那样
重复着一个古老的仪式
是火焰照亮了所有的生命
同样是火焰
让我们看见了死去的亲人
当我把词语
掷入火焰的时候
我发现火塘边的所有族人
正凝视着永恒的黑暗
在它的周围，没有叹息
只有雪族十二子[1]的面具
穿着节日的盛装列队而过

〔1〕雪族十二子：彝族传说人类是由雪族十二子演化产生的。

他们的口语，如同沉默
那些格言和谚语滑落在地
却永远没有真实的回声
让我们惊奇的是，在那些影子中
真实已经死亡，而时间
却活在另一个神圣的地域
没有选择，只有在这样的夜晚
我才是我自己
我才是诗人吉狄马加
我才是那个不为人知的通灵者
因为只有在这个时刻
我舌尖上的词语与火焰
才能最终抵达我们伟大种族母语的根部！

勿需让你原谅

不是我不喜欢
这高耸云端的摩天大楼
这是钢筋和水泥的奇迹
然而，不知道为什么？
我从未从它那里
体味过来自心灵深处的温暖

我曾惊叹过
航天飞机的速度
然而，它终究离我心脏的跳动
是如此的遥远
有时，不是有时，而是肯定
它给我带来的喜悦
要永远逊色于这个星球上
任何一个慈母的微笑

其实，别误会
并不是我对今天的现实
失去了鲜活的信心
我只是希望，生命与这个世界

能相互地靠紧

想必我们都有过
这样的经历
在机器和静默的钢铁之间
当自我被囚禁
生命的呼吸似乎已经死去
当然，我也会承认
美好的愿望其实从未全部消失
什么时候能回到故乡？
再尝一尝苦荞和燕麦的清香
在燃烧的马鞍上，聆听
那白色的披毡和斗篷
发出星星坠落的声响

勿需让你原谅
这就是我对生活的看法
因为时常有这样的情景
会让我长时间地感动
一只小鸟在暴风雨后的黄昏
又衔来一根根树枝
忙着修补温暖的巢！

朱塞培·翁加雷蒂[1]的诗

被神箭击中的橄榄核。
把沙漠变成透明的水晶。
在贝都因人的帐篷里，
从天幕上摘取星星。
头颅是宇宙的一束光。
四周的雾霭在瞬间消遁。
从词语深入到词语。
从光穿透着光。
远离故土牧人的叹息。
河流一样清澈的悲伤。
骆驼哭泣的回声。
金亚麻的燃烧，有太阳的颜色。
死亡就是真正的回忆。
复活埋葬的是所有白昼的黑暗。
没有名字湖泊的渍盐。
天空中鹰隼的眼睛。

---

〔1〕朱塞培·翁加雷蒂（1888—1970）：意大利隐逸派诗歌重要代表，出生在埃及一个意大利侨民家庭，在非洲度过童年和少年。他的诗歌抒发同代人的灾难感，偏爱富于刺激的短诗，把意大利古典抒情诗同现代象征主义诗歌的手法融为一体，刻画人物丰富的内心世界，表达了人和文明面临巨大灾难而产生的忧患。

辽阔疆土永恒的静默。
尼罗河睡眠时的梦境。
他通晓隐秘的道路。
排除一切语言密码的伪装。

他是最后的巫师，话语被磁铁吸引。
修辞被锻打成铁钉，
光线扭曲成看不见的影像。
最早的隐喻是大海出没的鲸。
是时间深处急邃的倒影。
一张没有鱼的空网。

那是大地的骸骨。

一串珍珠般的眼泪。

我在这里等你

我曾经不知道你是谁？
但我却莫名地把你等待
等你在高原
在一个虚空的地带
宗喀巴[1]也无法预测你到来的时间
就是求助占卜者
同样不能从火烧的羊骨上
发现你神秘的踪迹和影子
当你还没有到来的时候
你甚至远在遥遥的天边
可我却能分辨出你幽暗的气息
虽然我看不见你的脸
那黄金的面具，黑暗的鱼类
远方大海隐隐的雷声
以及黎明时草原吹来的风
其实我在这里等你
在这个星球的十字路口上
已经有好长的时间了

---

〔1〕宗喀巴：藏传佛教格鲁派（黄教）的开创者，其佛学著作是藏传佛教中的经典，他的宗教思想对后世影响极为广泛。

我等你，没有别的目的
仅仅是一个灵魂
对另一个灵魂的渴望！

吉勒布特的树

在原野上
是吉勒布特的树

树的影子
像一种碎片般的记忆
传递着
隐秘的词汇
没有回答
只有巫师的钥匙
像翅膀
穿越那神灵的
疆域

树枝伸着
划破空气的寂静
每一片叶子
都凝视着宇宙的
沉思和透明的鸟儿

当风暴来临的时候

马匹的眼睛
可有纯粹的色调？
那些灰色的头发和土墙
已经在白昼中消失

树弯曲着
在夏天最后一个夜晚
幻想的巢穴，飘向
这个地球更远的地方

这是黑暗的海洋
没有声音的倾听
在吉勒布特无边的原野
只有树的虚幻的轮廓
成为一束：唯一的光！

你的气息

你的气息弥漫在空间
你的气息充塞着时间的躯体
把齿痕留在大海的陡岸
把闪电植入沙漠的峰顶
在这样的时候
真的不知道你是谁？
然而，却能真切地感觉到
灵魂在急速地下陷
堕入到一个蓝色的地带
有时又会发现它在上升
就如同一个盲者的瞳孔
金色的光明正驶向未知的港湾

你的气息
是大地艾草的气息
它是我熟知的各种植物的颜色
它没有形体
也没有声音
每当它到来的时候
欲望开始复活，猛然苏醒

沉默的树发出渴望的声音
此时，还可以看见
远处群山的影子正在摇曳

那是永远起伏的波浪
那是大海的呻吟和燃烧
那是没有语言的呼唤
那是最原始的长调
那是鲸自由的弧线
那是贝壳从海底传来的呐喊
我知道，这永恒的飞翔和降落
像如光的箭矢
像火焰
像止不住的血
只有在那溶化恐惧和死亡的海滩
才能在瞬间找到遗忘的自己

我不知道，这是谁的气息？
为什么不为它的光临命名？
我似乎曾经嗅到过这种气息
它是野性的风暴和记忆
黑暗中的一串绿松石
春天里的种子
原野里的麝香

是大地更深处的玫瑰
在凡是能孕育生命的母腹上
都能触摸到
潮湿而光滑的水

这是谁的气息？
它笼罩着我，它覆盖着我
在我还没有真正醒来的时候
我真的不知道它是谁？

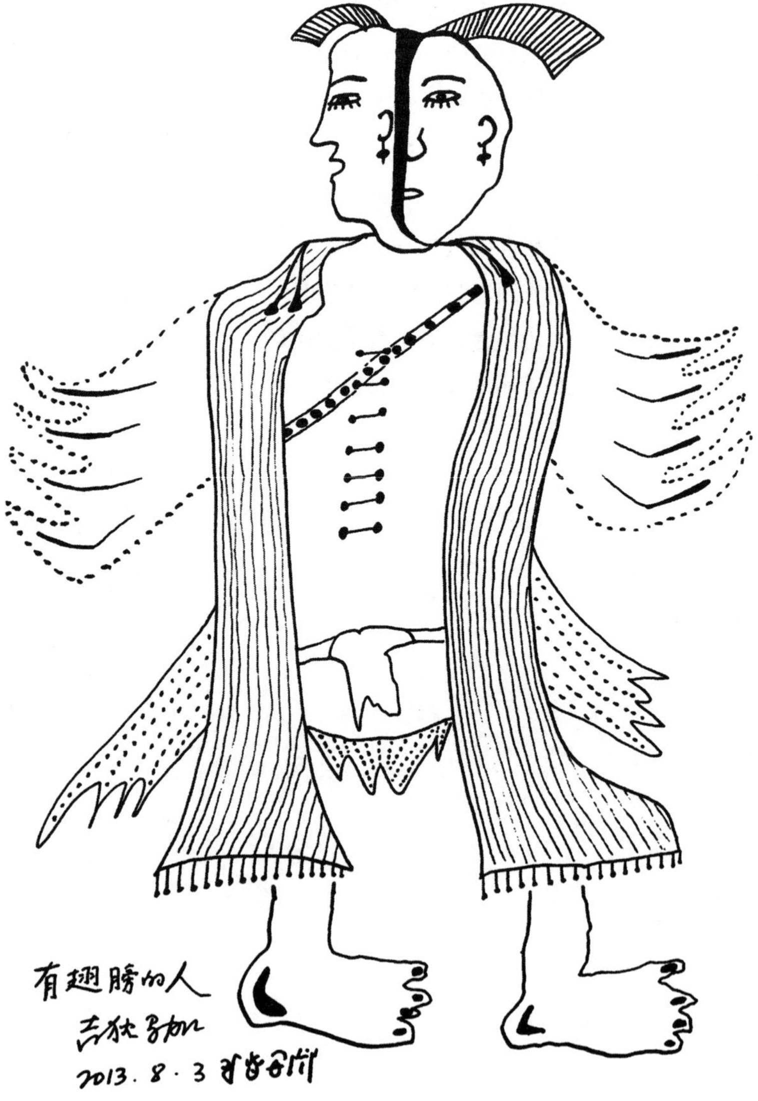
有翅膀的人
吉狄马加
2013.8.3

这个世界的旅行者
——献给托马斯·温茨洛瓦[1]

从维尔纽斯出发，从立陶宛开始，
你的祖国，在墙的阴影里哭泣，没有
行囊。针叶松的天空，将恐惧
投向视网膜的深处。当虚无把流亡的

路途隐约照亮。唯有幽暗的词语
开始苏醒。那是一个真实的国度，死亡的
距离被磨得粉碎。征服、恫吓、饥饿，
已变得脆弱和模糊，喃喃低语的头颅

如黑色的苍穹。山毛榉、栗树和灯心草
并非远离了深渊，只有疼痛和哑默
能穿越死亡的边界。伸出手，打开过
无数的站门。望着陌生的广场，一个

---

〔1〕托马斯·温茨洛瓦（1937—），立陶宛著名诗人、学者和翻译家。现为耶鲁大学斯拉夫语言文学系教授。他的诗歌已被译成二十多种语言，也因此收获了诸多文学奖项和世界性声誉。欧美评论界称他为“欧洲最伟大的在世诗人之一”。

旅行者。最好忘掉壁炉里丝丝作响的
火苗，屋子里温暖的灯盏，书桌上
热茶的味道。因为无从知晓，心跳
是否属于明天的曙光。在镜子的背后

或许是最后的诗篇，早已被命运
用母语写就。就像在童年，在家的门口。
一把钥匙。一张明信片。无论放逐有多么遥远，
你的眼睛里都闪烁着儿童才会有的天真。

墓地上

——献给戴珊卡·马克西莫维奇[1]

一棵巨大的
橡树，它的浓荫
覆盖着回忆

你平躺着
在青草和泥土的下面

当风从宇宙的
深处吹来
是谁在倾听？
通过每一片叶子
是谁在呼吸？
吹拂着黑暗的海洋

你的静默
又回到了源头，如同

---

〔1〕戴珊卡·马克西莫维奇（1898—1992）：塞尔维亚女诗人。她的诗歌有浓厚的浪漫主义情怀。她善于以细腻的笔法描绘内心精致的颤栗。主要诗集有《芬芳的大地》《梦的俘虏》等。

水晶的雪
你思想的根须，悄然爬上了
这棵橡树的肩头
或许还要更高……

沉默

——献给切斯瓦夫·米沃什[1]

为了见证而活着，
这并非是活着的全部理由。
然而，当最后的审判还未到来，
你不能够轻易地死去。
在镜子变了形的那个悲伤的世纪，
孤独的面具和谎言，
隐匿在黑暗的背后，同时也
躲藏在光的阴影里。你啜饮苦难和不幸。
选择放逐，道路比想象遥远。
当人们以为故乡的土墙，
已成为古老的废墟。但你从未轻言放弃。
是命运又让奇迹发生在
清晨的时光，你的呼喊没有死亡。
在银色的鳞羽深处，唯有词语
正经历地狱的火焰，
那是波兰语言的光辉，它会让你

---

〔1〕切斯瓦夫·米沃什（1911—2004）：生于今立陶宛，波兰著名诗人，1980 年获诺贝尔文学奖，主要作品有《冬日之钟》《被禁锢的心灵》《波兰文学史》等，体裁涉及诗歌、散文、小说、政论等多种。

在黎明时看到粗糙的群山，并让灵魂
能像亚当·密茨凯维奇那样，
伫立在阿喀曼草原的寂静中，依然听见
那来自立陶宛的声音。请相信母语的力量。
或许这就是你永恒的另一个祖国，
任何流放和判决都无法把它战胜。
感谢你全部诗歌的朴素和坚实，以及
蒙受苦难后的久久的沉默。在人类
理性照样存活的今天，是你教会了我们明白，
真理和正义为何不会终结。
你不是一个偶然，但你的来临
却让生命的耻辱和绝望，跨过了
——最后的门槛。

诗歌的起源

诗歌本身没有起源，像一阵雾。
它没有颜色，因为它比颜色更深。
它是语言的失重，那儿影子的楼梯，
并不通向笔直的拱顶。
它是静悄悄的时钟，并不记录
生与死的区别，它永远站在
对立或统一的另一边，它不喜欢
在逻辑的家园里散步，因为
那里拒绝蜜蜂的嗡鸣，牧人的号角。
诗歌是无意识的窗纸上，一缕羽毛般的烟。
它不是鸟的身体的本身，
而是灰暗的飞翔的记忆。
它有起航的目标，但没有固定的港口。
它是词语的另一种历险和坠落。
最为美妙的是，就是到了行程的中途，
它也无法描述，海湾到达处的那边。
诗歌是星星和露珠，微风和曙光，
在某个灵魂里反射的颤动与光辉，
是永恒的消亡，持续的瞬间的可能性。
是并非存在的存在。

是虚无中闪现的涟漪。
诗歌是灰烬里微暗的火，透光的穹顶。
诗歌一直在寻找属于它的人，伴随生与死的轮回。
诗歌是静默的开始，是对 1 加 1 等于 2 的否定。
诗歌不承诺面具，它呈现的只是面具背后的叹息。
诗歌是献给宇宙的 3 或者更多。
是蟋蟀撕碎的秋天，是斑鸠的羽毛上洒落的
黄金的雨滴。是花朵和恋人的呓语。
是我们所丧失、所遗忘的一切人类语言的空白。
诗歌，睁大着眼睛，站在
广场的中心，注视着一个个行人。
它永远在等待和选择，谁更合适？
据说，被它不幸或者万幸选中的那个家伙：
——就是诗人！

那是我们的父辈
——献给诗人艾梅·塞泽尔[1]

昨晚我想到了艾梅·塞泽尔，想到了一个令人尊敬的人。
昨晚我想到了所有返乡的人，
他们忧伤的目光充满着期待。
艾梅·塞泽尔，我真的不知道，这条回乡的道路究竟有多长？
但是我却知道，我们必须回去，
无论路途是多么的遥远！
艾梅·塞泽尔，我已经在你黑色的意识里看见了，
你对于这个世界的悲悯之情。
因为凡是亲近过你的灵魂，看见过你的泪眼的生命个体，
无论他们是黑种人、白种人还是黄种人，
都会相信你全部的诗歌，就是一个种族离去和归来的记忆。

---

〔1〕艾梅·塞泽尔（1913—2008）：具有世界影响的马提尼克黑人诗人和人道主义者，是他首先提出了“黑人性”，并一生高举黑人寻根、自尊自爱自强的旗帜。他同时也是马提尼克文学的创始者，他的《返乡笔记》是马提尼克和非洲黑人文学的基石。

艾梅·塞泽尔，非洲的饥饿直到今天还张着绝望的嘴。
我曾经相信过上帝的公平，然而在这个星球上，
还生活着许许多多不幸的人们，
公平和正义却从未降临在他们的头上。
艾梅·塞泽尔，因为你我想到了我们彝人的先辈和故土，
想到了一望无际的群山和一条条深沉的河流。
还有那些瓦板屋。成群的牛羊。睁大眼睛的儿童。
原谅我，到如今我才知道，在逝去的先辈面前，
我们的生存智慧已经褪化，我们的梦想
早已消失在所谓文明的天空。
毕阿史拉则的语言在陌生钢铁和水泥的季节里临界死亡。
而我们离出发的地点已经越来越远。
是的，艾梅·塞泽尔，我为我的父辈而骄傲。
因为他们还在童年的时候，就能熟背古老的
格言和劝解部族纷争的谚语。
他们的眼睛像鹰一样犀利。
他们自信的目光却又像湖泊一样平静。
他们的女人是最矜持的女人，每一圈朵啰荷舞[2]的身姿，

〔2〕朵啰荷舞：彝族一种古老的原始舞蹈。

都能让大地滚动着白银的光辉。
那是我们的父辈：喜欢锃亮的快枪，
珍爱达里阿宗[3]那样的骏马，相信神圣的传统，
坚信祖先的力量，
那无与伦比讲述故事的能力，来自于部族千百年仪式的召唤。
他们热爱生命，更重要的是他们不怕死亡。
是的，艾梅•塞泽尔，我的父辈从未失去过对身份和价值的认同。
他们同样为自己的祖先充满着自豪。因为在他们口诵的家谱上，
已经记载着无数智者和德古[4]的名字。
他们赤着脚。像豹子一样敏捷。具备羚羊的速度。
在征战的时候，他们跳跃于茫茫的群山和峡谷。
那麂子般的触觉，能穿透黎明前的雾霭。
他们是鹰和虎豹的儿子。
站在那高高的山顶，他们头上的英雄结[5]，就是一束燃烧的火焰。
是盐和看不见的山风塑造了矫健的形体。他们从诞生之日起，

---

〔3〕达里阿宗：彝族历史上一匹名马的名字。

〔4〕德古：指彝族部族中德高望重的人。

〔5〕英雄结：彝族男人的一种头饰。

就把自由和尊严埋进了自己的骨骼。他们是彝人在自己独有的
创造史诗的时代之后，
留存下来的、最后的、伟大的自然之子和英雄的化身。
艾梅·塞泽尔，你没有死去，你的背影仍然在返乡的道路上前行。
你不会孤独。与你同行的是这个世界上成千上万的返乡人和那些永远渴望故土的灵魂！

雪豹

失踪在雪域的空白里，
或许是影子消遁在大地的子宫，
梦的奔跑、急速、跳跃……
没有声音的跨度，那力量的身姿，
如同白天的光，永恒的弧形。

没有呜咽的银子，独行
在黎明的触角之间，只守望
祖先的领地和疆域，
远离铁的锈迹，童年时的记忆往返，
能目睹父亲的腰刀，
插进岩石的生命，聆听死亡的静默。

高贵的血统，冠冕被星群点燃，
等待浓雾散去，复活的号手，
每一个早晨，都是黄金的巫师，
吹动遗忘的颂辞。从此
不会背离，法器握在时间之中，
是在谁的抽屉里？在闪电尖叫后，
签下了这一张今生和来世的契约。

光明的使臣，赞美诗的主角，
不知道一个诗人的名字，在哪个时刻，
穿过了灵魂的盾牌，尽管
意义已经捣碎成叶子。痛苦不堪一击。
无与伦比的王者，前额垂直着，
一串串闪光的宝石。谁能告诉我？
就在哪一个瞬间，我已经属于不朽！

分裂的自我

我注定要置于分裂的状态
因为在我还没有选择的时候
在我的躯体里——诞生和死亡
就已经开始了殊死的肉搏
当我那黑色的意识
即将沉落的片刻
它的深渊却在升高
箭矢穿透的方向
既不朝向天堂！
更不面向地狱！
我的一部分脸颊呈现太阳的颜色
苦荞麦的渴望——
在那里自由地疯长
而我的另一部分脸颊
却被黑暗吞噬
消失在陌生城市的高楼之中
我的左耳能听见
一千年前送魂的声音
因为事实证明——
它能承受时间的暴力
它能用无形的双手

最快地握住——
那看不见的传统和血脉
它能把遗忘的词根
从那冰冷的灰烬中复活
然而，我的右耳却什么也听不见
是钢铁的声音已经将它杀死！
我的两只眼睛
一只充满泪水的时候
另一只干渴如同沙漠
那是我的眼睛
一只隐藏着永恒的——光明！
一只喷射出瞬间的——黑暗！
我的嘴唇是地球的两极
当我开口的时刻
世界只有死亡般的寂静
当我沉默寡言——
却有一千句谚语声如洪钟！
我曾拥有一种传承
而另一种方式却在我的背后
悄悄地让它消失
我永远在——差异和冲突中舞蹈
我是另一个吉狄马加
我是一个人
或者说——是另一只
不知名的——泪水汪汪的动物！

穿过时间的河流
——写给雕塑家张得蒂

那是我！
那是在某个时间的驿站没有离开的我
那是我的青春——犹如一只鸟儿
好长时间，我不知道它的去向
今天它又奇迹般地出现
那是我的眼睛——一片干净的天空！
那是我的目光——充满着幻想！
那是我的卷发——自由的波浪！
那是我的额头——多么年轻而又自信！
那是我的嘴唇——
亲吻过一个民族的群山和土地
也曾把美妙的诗句
在少女的耳旁低语
那是我羊毛编织的披毡——
父亲说：是雄鹰的翅膀！
那是我胸前的英雄绶带——
母亲说：预言了你的明天和未来！
那是我！那一定是我！
是你用一双神奇的手，穿过时间的河流

紧紧地——紧紧地——

抓住了十八岁的——我！

影子

我曾写下过这样的诗句
凡是人——
我们出生的时候
只有一种方式
无一例外，我们
都来自母亲的子宫
这或许——
就是命运用左手
在打开诞生
这扇前门的时候
它同时用右手
又把死亡的钥匙
递到了我们的手上
我常常这样想——
人类死去的方式
为什么千奇百怪？
完全超出了
大家的想象

巫师说：所有的影子都不相同
说完他就咬住了烧红的铧口！

这一天总会来临

有一天，
这一天总会来临，
我的灵魂会代表过去的日子，
向我的肉体致敬！
你看，从我诞生的那天开始，
肉体和灵魂就厮守在一起。

是灵魂这个寄居者，
找到了一间自己的屋子，
肉体更像永恒的面具，
也可以说它是另一张皮囊，
从最初衔来的嫩枝，
一直变成风烛残年的老巢。

你问，为什么我的一生充满幻想，
那是因为，灵魂和肉体，
长久地把我——当然
还有我的全部思想，
置放于爱和死亡的炉火煎熬。

灵魂飞跑的时候，
肉体的血液也在奔腾；
有时灵魂与恐惧不期而遇，
肉体屏住了呼吸，
那骤然的紧张，
超过了触电的颤栗。
只有在偶尔的夜晚，
灵魂才暂时离开了它的花园，
梦游在洒满星光的原野。

当生命遭到生活中不幸的打击，
也许心被撕裂，
让我惊慌的却是——
哭泣者瞪大的眼睛。
只有无知者才会问我：
在肉体流出鲜血的时刻，
灵魂又偏偏被尖刀刺穿，
这两者的伤痛谁为更甚？

不过有一个秘密，
我会悄悄地告诉你：
如果肉体的欢娱，
没有灵魂与灵魂的如胶似漆，
这个世界的爱情都会死去！

塞萨尔·巴列霍[1]的墓地

黑石头叠在白石头上
在写这句诗时，你注定会把自己的骸骨
放错地方，那是在巴黎，秋天的风吹过
你的影子和孪生的心——
远远地在墙角站立，那饥饿的肉体
它已经在星期四的下午死去……

塞萨尔·巴列霍死了——
时间就在 1938 年 10 月 14 日这一天
他们把你埋在了巴黎——其实你还活着！
有人在另一个街区看见过你
行色匆匆，衣衫褴褛又肮脏
逐门挨户——你伸出手——不是为自己
有人拿走了穷人唯一的一块面包

你为不幸的人们呐喊，而上帝
却和你玩最古老的骰子游戏

---

〔1〕塞萨尔·巴列霍（1892—1938）：秘鲁现代诗人，生于安第斯山区，父母皆有印第安人血统。他是秘鲁最重要的诗人，也是拉美现代诗最伟大的先驱之一。

谁能说——命运的赌徒——只饮苦难的黑杯
你曾告诉世界的孩子们
假设——担心——西班牙从天上掉下来
然而却始终没有一双手
在你掉落深渊的一刹那——用大盘托住！

萨塞尔·巴列霍——
在圣地亚哥·德·丘科的故乡
我知道——你看见我了——伫立在你的墓地上
你的家人都在这里沉睡，午后的阳光
正跟随杂草的阴影留下一片虚空……
其实不用怀疑，你的遗骸虽然不在这里
可我能真实地感觉到——你的灵魂在哭泣！

写给母亲

你怎能抗拒那岁月的波涛
一次次将堤岸——锤打！
怎能抗拒你的眼睛——我的琥珀玛瑙
失去了少女时的光泽
怎能阻止时间的杀手，潜入光滑的肌肤
无法脱逃，这魔法般的力量
修长的身材，不等跨下新娘的马鞍
黑色的辫子，犹如转瞬即逝的闪电
已变成稀疏的青丝
低垂下疲倦的头，当下的事物已经模糊
童年的影子——陷入遥远的别离
青春的老屋——只从梦境里显现
闪光的银饰啊——彝人的女王
那百褶裙的波浪让忌妒黯然失色
你目睹了人世间的悲欢和离合
向这一切告别——还没让你真的回望
所有的同代的姊妹啊——
都已先后长眠在火葬地的灵床
是的，谁能安慰你——索取那逝去的日历！
是的，谁能给予你——那无法给予的慰藉！

追问

从冷兵器时代——直到今天
人类对杀戮的方法
不断翻新——这除了人性的缺陷和伪善
还能找出什么更恰当的理由？

我从更低的地方
注视着我故乡的荞麦地
当微风吹过的时候
我看见——荞麦尖上的水珠儿闪闪发光
犹如一颗颗晶莹的眼泪！

不死的缪斯

——写给阿赫玛托娃[1]

我把你的头像刻在—— 一块木头上
你这俄罗斯的良心！
有人只看见了——
你的优雅、高贵和那来自骨髓深处的美丽
谁知道你也曾一次次穿过地狱！
那些诅咒过你的人——
不用怀疑——他们的尸骨连同流言蜚语
早已腐烂在时间的尘土
那是你！——寒风吹乱了一头秀发
你排着队，缓缓地行进在探监者的队伍
为了看一眼儿子，送去慈母的抚慰
你的肩头披着蔚蓝色的披肩
一双眼睛如同圣母的眼睛——
它平静如初，就像无底的深潭
那是你！——炉火早已熄灭，双手已经冻僵
屋外的暴风雪吼叫着，开始拍打命运的窗棂
尽管它也无法预知——

〔1〕阿赫玛托娃（1889—1966）：20世纪俄罗斯最伟大的诗人之一，同时也被公认为世界最伟大的诗人之一。

明天迎接你的是生还是死？
你不为所动，还在写诗，由于兴奋和颤栗
脸上泛起了少女时候才会有的红晕……

致玛丽娜·茨维塔耶娃[1]

你曾说一百年后
人们将会多么地爱你
你也曾写下过——
那泪水一般晶莹的诗歌！
有谁看见你两片嘴唇翕动？
有谁听见你的哀号和叹息？
如果真的是这样——
在你的身旁，在那个瞬间
我们将会经受怎样的窒息？！

谁说要一百年后的那一天
才会有人去把你找寻
谁说要整整一百年的光景
一个灵魂与另一个灵魂
才能在那个时辰相遇
我不相信！因为在俄罗斯
在你生活过的寓所

〔1〕玛丽娜·茨维塔耶娃（1892—1941）：20世纪俄罗斯最伟大的诗人、散文家之一，同时也被公认为世界最伟大的诗人之一。

我亲眼目睹——一个小小的十字架
被你挂在了窗子的上方
这或许就是宿命——早已注定
你这罗斯大地上真正的祭师
——将像上帝那样
背负着自己的十字架——紧咬着嘴唇！

茨维塔耶娃——诗歌女王！
勿需再为你加冕
你的诗歌和名字一样沉重
你选择诗歌——
就如同选择养育你的语言
你完全有理由再次离去
（就是离去，你也将永远生活在
贫穷、拮据和无望的苦恋之中）
然而你却——
至死没有离开自己的祖国！

茨维塔耶娃，今天有无数苍白的诗人
在跟着你的诗句写诗
其实他们永远不会知道
他们偷走的只是几个简单的词句
因为他们不具备有一颗
苦难、悲悯、狂乱和鲜血铸成的心！

茨维塔耶娃，我的姐姐——
无人知晓你真实的墓地
我只能仰望那辽阔无边的苍穹
用全部的心灵向你致意！
是你让我明白了——
如何写下肝肠寸断的诗句！

圣地和乐土

在那里。在那青海湖的东边，
风一遍遍，吹过了
被四季装点的节日。
尽管我找不到鸟儿飞行的方向，
但我却能从不同的地方，
远远地眺望到
那些星罗棋布的庄廓。
并且我还能看见，两只雪白的鸽子，
如同一对情侣般的天使，
一次又一次消失在时间的深处！
在那里——天空是最初的创造，
布满了彩陶云霓一样的纹路，
以及踩高跷人的影子，这样的庆典，
已经成为千年的仪式！
谁是这里的主人？野牦牛喉管里
喷射的鲜血，见证了公正无私的太阳，
是如何照亮了这片土地。
在那里。星月升起的时间已经很久，
传说净化成透明的物体。
这是人类在高处选择的

圣地和乐土。在这里——
河流的光影上涌动着不朽者
轮回的名字。这里不是宿命的开始，
而是一曲光明和诞生的颂歌。
无数的部族居住在这里，
把生和死雕刻成了神话。
在那里。在高原与高原的过渡地带，
为了生命的延续，颂辞穿越了
虚无的城池，最终抵达了
生殖力最强的流域。在那里——
小麦的清香从远处传来，温暖的
灶坑里烘烤着金黄的土豆。
在那里——花儿与少年，从生唱到死，
从死唱到生，它是这个世界
最为动人心魄的声音！
不知有多少爱情的故事，
在他（她）们的对唱中，潜入了
万物的灵魂和骨髓。在那里——
或许也曾有过小小的纷争，
但对于千百年来的和睦共处，
它们又是多么的微乎其微。
是伟大的传统和历史的恩赐，给予了
这里的人民无穷无尽的生存智慧！
在那里——在那青海湖的东边，

在那一片高原谷地，或许这一切，
总有一天都会成为一种记忆。
但是这一切，又绝不仅仅是这些。
因为在这个星球上，直到今天
人类间的杀戮并没有消失和停止。
在那里——在那青海湖的东边！
人类啊！这是比黄金更宝贵的启示，
它让我们明白了一个真理——
那就是永久的和平和安宁，只能来自于
包容、平等、共生、互助和对生命的尊重！

而不会再有其它！

我们的父亲
——献给纳尔逊·曼德拉

我仰着头——想念他！
只能长久地望着无尽的夜空
我为那永恒的黑色再没有回声
而感到隐隐的不安，风已经停止了吹拂
只有大海的呼吸，在远方的云层中
闪烁着悲戚的光芒
是在一个片刻，还是在某一个瞬间
在我们不经意的时候
他已经站在通往天堂的路口
似乎刚刚转过身，在向我们招手
脸上露出微笑，这是属于他的微笑
他的身影开始渐渐地远去
其实，我们每一个人都知道
他要去的那个地方，就是灵魂的安息之地
那个叫库努的村落，正准备迎接他的回归
纳尔逊·曼德拉——我们的父亲
当他最初离开这里的时候，在那金色的阳光下
一个黑色的孩子，开始了漫长的奔跑
那个孩子不是别人——那是他昨天的影子

一双明亮的眼睛，注视着无法预知的未来
那是他童年的时光被记忆分割成的碎片
他的双脚赤裸着，天空中的太阳
在他的头顶最终成为一道光束
只有宇宙中坠落的星星，才会停留在
黑色部族歌谣的最高潮
只有那永不衰竭的舞蹈的节奏
能够遗忘白色，找到消失的自信
为了祖先的祭品，被千百次地赞颂
所有的渴望，只有在被夜色
全部覆盖的时候，才会穿越生和死
从这里出发，就是一种宿命
他将从此把自己的生命——与数以千万计的
黑色大众的生命联系在一起
他将不再为自己而活着，并时刻准备着
为一个种族的解放而献身
从这里出发，只能做如下的选择
选择死——因为生早已成为偶然
选择别离——因为相聚已成为过去
选择流亡——因为追逐才刚刚开始
选择高墙——因为梦中才会出现飞鸟
选择呐喊——因为沉默在街头被警察杀死
选择镣铐——因为这样更多的手臂才能自由
选择囚禁——因为能让无数的人享受新鲜的空气

为了这样一个选择，他只能义无反顾
因为他的选择，用去的时间——
不会是一天，也不会是一年，而将是漫长的岁月
就是他本人也根本不会知道
他梦想的这一天将会何时真的到来
谁会知道？一个酋长的儿子
将从这里选择一条道路，从那一天开始
就是这样一个人，已经注定改变了二十世纪的历史
是的，从这里出发，尽管这条路上
陪伴他的将是监禁、酷刑、迫害以及随时的死亡
但是他从未放弃，当他从那——
牢狱的窗户外听见大海的涛声
他曾为人类为追求自由和平等的梦想而哭泣
谁会知道？一个有着羊毛一样卷发的黑孩子
曾经从这里出发，然而他始终只有一个目标
那就是带领大家，去打开那一扇——
名字叫自由的沉重的大门！
为了这个目标，他九死一生从未改变
谁会知道？就是这个黑色民族的骄子
不，他当然绝不仅仅属于一个种族
是他让我们明白了一个真理，那就是爱和宽恕
能将一切仇恨的坚冰溶化
而这一切，只有他，因为他曾经被另一个
自认为优越的种族国家长时间地监禁

而他的民族更是被奴役和被压迫的奴隶
只有他，才有这样的资格——
用平静而温暖的语言告诉人类
——“忘记仇恨”！
我仰着头——泪水已经模糊了双眼
我长时间注视的方向，在地球的另一边
我知道——我们的父亲——他就要入土了
他将被永远地安葬在那个名字叫库努的村落
我相信，因为他——从此以后
人们会从这个地球的四面八方来到这里
而这个村落也将会因此成为人类良心的圣地！

无题

——致诺尔德

我们都拥有过童年的时光
那时候，你的梦曾被巍峨的雪山滋养
同样是在幻想的年龄，宽广的草原
从一开始就教会了你善良和谦恭
当然更是先辈们的传授，你才找到了
打开智慧之门的钥匙
常常有这样的经历，一个人呆望着天空
而心灵却充盈着无限的自由
诺尔德，但今天当我们回忆起
慈母摇篮边充满着爱意的歌谣
生命就如同那燃烧的灯盏，转瞬即逝
有时候它更像太阳下的影子，不等落日来临
就已经消失得无影无踪
亲爱的朋友，我们都是文字的信徒
请相信人生不过是一场短暂的戏剧
唯有精神和信仰创造的世界
才能让我们的生命获得不朽的价值！

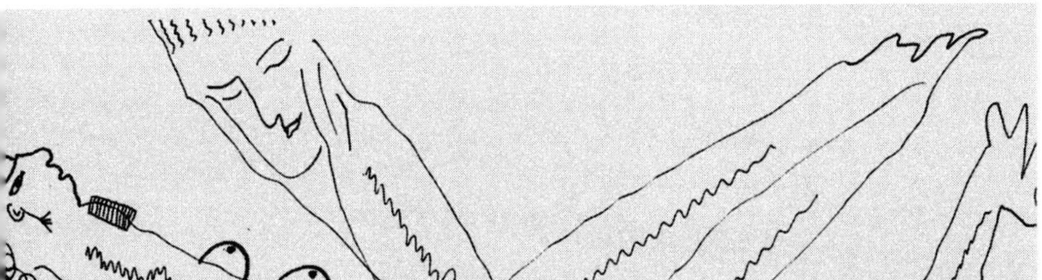
故乡的河流
2013.6.26

雪的反光和天堂的颜色

1

这是门的孕育过程
是古老的时间，被水净洗的痕迹
这是门——这是门！
然而永远看不见
那隐藏在背后的金属的叹息
这是被火焰铸造的面具
它在太阳的照耀下
弥漫着金黄的倦意
这是门——这是门！
它的质感就如同黄色的土地
假如谁伸手去抚摸
在这高原永恒的寂静中
没有啜泣，只有长久地沉默……

2

那是神鹰的眼睛

不，或许只有上帝
才能从高处看见，这金色的原野上
无数的生命被抽象后
所形成的斑斓的符号
遥远的迁徙已经停止
牛犊在倾听小草的歌唱
一只蚂蚁缓慢地移动
牵引着一丝来自天宇的光

3

蓝色，蓝色，还是蓝色
在这无名的乡间
这是被反复覆盖的颜色
这是蓝色的血液，没有限止的流淌
最终凝固成的生命的意志
这是纯粹的蓝宝石，被冰冷的燃烧熔化
这是蓝色的睡眠——
在深不可测的潜意识里
看见的最真实的风暴！

4

风吹拂着——
在这苍秋的高空
无疑这风是从遥远的地方吹来的
只有在风吹拂着的时候
而时间正悄然滑过这样的季节
当大雁从村庄的头顶上飞过
留下一段不尽的哀鸣
此时或许才会有人亲眼目睹
在那经幡的一面——生命开始诞生
而在另一面——死亡的影子已经降临！

5

你的雪山之巅
仅仅是一个象征，它并非是现实的存在
因为现实中的雪山，它的冰川
已经开始不可逆转的消失
谁能忍心为雪山致一篇悼辞？
为何很少听见人类的忏悔？
雪山之巅，反射出幽暗的光芒
它永远在记忆和梦的边缘浮现

但愿你的创造是永恒的
因为你用一支抽象的画笔
揭示并记录了一个悲伤的故事！

6

那是疯狂的芍药
跳荡在大地生殖力最强的部位
那是云彩的倒影，把水的词语
抒写在紫色的疆域
穿越沙漠的城市，等待河流的消息
没有选择，闪光的秋叶
摇动着羚羊奔跑的箭矢
疾风中的牦牛，冰川时期的化石
只有紧紧地握住手中的法器
占卜的神枝才会敲响预言的皮鼓

7

你告诉我高原的夜空
假如长时间地去注视
就会发现，肉体和思想开始分离

所有的群山、树木、岩石都白银般剔透
高空的颜色，变幻莫测，隐含着暗示
有时会听见一阵遥远的雷声
我们都不知道什么是最后的审判
但是，当我们仰望着这样的夜空
我们会相信——
创造这个世界的力量确实存在
而最后的审判已经开始……

8

谁看见过天堂的颜色？
这就是我看见的天堂的颜色，你肯定地说！
首先我相信天堂是会有颜色的
而这种颜色一定是温暖的
我相信这种颜色曾被人在生命中感受过
我还相信这种颜色曾被我们呼吸
毫无疑问，它是我们灵魂中的另一个部分
因为你，我开始想象天堂的颜色
就如同一个善于幻想的孩子
我常常闭着眼睛，充满着感激和幸福
有时泪水也会不知不觉地夺眶而出……

致祖国

我的祖国
是东方的一棵巨人树
那黄色的土地上，永不停息地
流淌着的是一条条金色的河流
我的祖国
那纯粹的蓝色
是天空和海洋的颜色
那是一只鸟，双翅上
闪动着黄金的雨滴
正在穿越黎明的拂晓

我的祖国，在神话中成长
那青铜的树叶
发出过千百次动人的声响
我的祖国，从来
就不属于一个民族
因为她有五十六个儿女
而我的民族，那五十六分之一
却永远属于我的祖国

我的祖国的历史
不应该被随意割断
无论她承载的是
光辉的年轮，还是屈辱的生活
因为我的祖国的历史
是一本完整的历史
当我们赞颂唐朝的时候
又怎能遗忘元朝开辟过的疆域
当我们梦回宋词的国度
在那里寻找文字的力量
又怎能真的去轻视
大清开创的伟业，不凡的气度
我说我的祖国的历史，是一部
完整的历史，那是因为我把这一切
都看成是我的祖国
血肉之躯不可分割的部分

我的祖国，我想对你说
当有一天你需要并选择我们
你的选择，一定不是简单的
由于地域的因素，不同的背景
不仅仅是因为我们来自哪一个民族
同样也不要因为我们的族别
而让我们，失去了真正平等竞争的机会

我的祖国，我希望我们对你的
一万个忠诚，最终换来的
是你对我们的百分之百的信任

我的祖国
那优美的合唱，已经被证明
是五十六个民族语言的总和
离开其中任何一位歌手的参与
那壮丽的和声都不完美
就如同我的民族的声音
或许它来自遥远的边缘
但是它的存在
却永远不可或缺
就如同我们彝人古老的文字
它所记载的全部所有的一切
毫无疑问，都已成为了
你那一部辉煌巨著中的
足以让人自豪的不朽的篇章

我的祖国，请原谅
我的大胆和诗人才会有的真实
我希望你看中我们的是，而只能是
作为一个人所具有的高尚的品质
卓越的能力，真正摒弃了自私和狭隘

以及那无与伦比的，蕴含在
个体生命之中的，最为宝贵的
能为这个国家和大众去服务的牺牲精神
我的祖国，我希望并热忱地期待着
你看中我们的是，当然也只能是
我们对你的忠诚，就像
血管里的每一滴鲜血
都来自于正在跳动的心脏
而永远不会是其它！

尼沙

尼沙，是一个人的名字？
或者说仅仅是一个词
没有任何实际的意义
要不就是一个真实的存在
是这个地球七十亿人口中的一分子
不知道，是不是更早的时候
你们曾漫步街头
你们曾穿越雨季
要不直到如今，你还怅然若失
还能回想起那似乎永远
遗失了的碎片般的踪迹
或许这一切仅仅是个假设
尼沙，注定将擦肩而过
当一列火车疾驰穿过站台
送行者的眼睛已被泪水迷蒙
再也听不到汽笛的鸣叫
这片刻更像置身于虚幻的场景
当然，这可能也是一个幻觉
尼沙，或许从未存在过
无论是作为一个人，还是

作为语言中一个不存在的词
它只是想象中的一种记忆
永远无法判定有多少真实的成分
因为隔着时空能听到的
只是久远的模糊的声音
我不知道，你是否真的
开始过无望的漫长的寻找
如果不是命运真的会再给你一次机会
可以肯定，你敲开的每一扇门
它只会通向永恒的虚无，在那里
有的只是消失在时间深处的影子
你不会找到半点你需要的东西
尼沙，是一个真实的存在还是幻想
我想，勿需再去寻找更多的证据
因为从那双动人的眼睛里，是你
看见过沙漠黎明时的微光
闪耀着露水般晶莹的涟漪，你的
脸庞曾被另一个生命分泌的气味和物质
笼罩，那裙裾飘动着，有梦一样的暗花
你还记得，你匍匐在这温暖的沙漠上
畅饮过人世间最美最甜的甘泉
而这一切，对你而言已经足够

尼沙，是否真的存在并不重要……

口弦[1]

弹拨口弦的时候
黑暗笼罩着火塘。
伸手不见五指
只有口弦的声音。
口弦的弹奏
是一种隐秘的词汇
是被另一个听者
捕获的暗语。
它所表达的意义
永远不会，停留在
空白的地域。
它的弹拨
只有口腔的共鸣。
它的音量
细如游丝，
它是这个世界
最小的乐器。
一旦口弦响起来

[1] 口弦：彝族人的一种原始乐器，用竹片或铜片做成，演奏时用口腔共鸣，音质优美，声音微弱而细小。

在寂静的房里
它的倾诉，就会
占领所有的空间。
它不会选择等待
只会抵达，另一个
渴望中的心灵。
口弦从来不是
为所有的人弹奏。
但它微弱的诉说
将会在倾听者的灵魂里
掀起一场
看不见的风暴！

河流

阿合诺依[1]——
你这深沉而黑色的河流
我们民族古老的语言
曾这样为你命名！

你从开始就有别于
这个世界其它的河流
你穿越我们永恒的故土
那高贵庄严的颜色
闪烁在流动着的水面

你流淌着
在我们传诵的史诗中
已经有数千年的历史
或许这个时间
还要更加久长

我们的祖先

---

〔1〕阿合诺依：彝语的意思是黑色幽深的河流，这里即指中国西南部的金沙江，是作者故乡的一条大河。

曾在你的岸边憩息
是你那甘甜的乳汁
让他们遗忘了
漫长征途的艰辛，以及
徐徐来临的倦意
他们的脸庞，也曾被
你幽深的灵魂照亮

你奔腾不息
在那茫茫的群山和峡谷
那仁慈宽厚的声音
就如同一支歌谣
把我们忧郁的心抚慰
在渐渐熄灭的火塘旁
当我们沉沉地睡去
潜入无边的黑暗
只有你会浮现在梦中
那黑色孕育的光芒
将把我们所有的
苦难和不幸的记忆
都全部地一扫而空

阿合诺依——我还知道
只要有彝人生活的地方

就不会有人，不知晓
你这父亲般的名字
我们的诗歌，赞颂过
无数的河流
然而，对你的赞颂
却比它们更多！

我，雪豹……

——献给乔治·夏勒[1]

1

流星划过的时候
我的身体，在瞬间
被光明烛照，我的皮毛
燃烧如白雪的火焰
我的影子，闪动成光的箭矢
犹如一条银色的鱼
消失在黑暗的苍穹
我是雪山真正的儿子
守望孤独，穿越了所有的时空
潜伏在岩石坚硬的波浪之间
我守卫在这里——
在这个至高无上的疆域
毫无疑问，高贵的血统
已经被祖先的谱系证明

---

〔1〕乔治·夏勒（1933年—）：美国动物学家、博物学家、自然保护主义者和作家。他曾被美国《时代周刊》评为世界上三位最杰出的野生动物研究学者之一，也是被世界所公认的最杰出的雪豹研究专家。

我的诞生——
是白雪千年孕育的奇迹
我的死亡——
是白雪轮回永恒的寂静
因为我的名字的含义：
我隐藏在雾和霭的最深处
我穿行于生命意识中的
另一个边缘
我的眼睛底部
绽放着呼吸的星光
我思想的珍珠
凝聚成黎明的水滴
我不是一段经文
刚开始的那个部分
我的声音是群山
战胜时间的沉默
我不属于语言在天空
悬垂着的文字
我仅仅是一道光
留下闪闪发亮的纹路
我忠诚诺言
不会被背叛的词语书写
我永远活在
虚无编织的界限之外

我不会选择离开
即便雪山已经死亡

2

我在山脊的剪影，黑色的
花朵，虚无与现实
在子夜的空气中沉落

自由地巡视，祖先的
领地，用一种方式
那是骨血遗传的密码

在晨昏的时光，欲望
就会把我召唤
穿行在隐秘的沉默之中

只有在这样的时刻
我才会去，真正重温
那个失去的时代……

3

望着坠落的星星
身体漂浮在宇宙的海洋
幽蓝的目光，伴随着
失重的灵魂，正朝着
永无止境的方向上升
还没有开始——
闪电般的纵身一跃
充满强度的脚趾
已敲击着金属的空气
谁也看不见，这样一个过程
我的呼吸、回忆、秘密的气息
已经全部覆盖了这片荒野
但不要寻找我，面具早已消失……

4

此时，我就是这片雪域
从吹过的风中，能聆听到
我骨骼发出的声响
一只鹰翻腾着，在与看不见的
对手搏击，那是我的影子

在光明和黑暗的
缓冲地带游离
没有鸟无声的降落
在那山谷和河流的交汇处
是我留下的暗示和符号
如果一只旱獭
拼命地奔跑，但身后
却看不见任何追击
那是我的意念
已让它感到了危险
你在这样的时刻
永远看不见我，在这个
充满着虚妄、伪善和杀戮的地球上
我从来不属于
任何别的地方！

5

我说不出所有
动物和植物的名字
但这却是一个圆形的世界
我不知道关于生命的天平
应该是，更靠左边一点

还是更靠右边一点，我只是
一只雪豹，尤其无法回答
这个生命与另一个生命的关系
但是我却相信，宇宙的秩序
并非来自于偶然和混乱
我与生俱来——
就和岩羊、赤狐、旱獭
有着千丝万缕的依存
我们不是命运——
在拐弯处的某一个岔路
而更像一个捉摸不透的谜语
我们活在这里已经很长时间
谁也离不开彼此的存在
但是我们却惊恐和惧怕
追逐和新生再没有什么区别……

6

我的足迹，留在
雪地上，或许它的形状
比一串盛开的
梅花还要美丽
或许它是虚无的延伸

因为它，并不指明
其中的奥妙
也不会预言——
未知的结束
其实生命的奇迹
已经表明，短暂的
存在和长久的死亡
并不能告诉我们
它们之间谁更为重要？
这样的足迹，不是
占卜者留下的，但它是
另一种语言，能发出
寂静的声音
惟有起风的时刻，或者
再来一场意想不到的大雪
那些依稀的足迹
才会被一扫而空……

7

当我出现的刹那
你会在死去的记忆中
也许还会在——

刚要苏醒的梦境里
真切而恍惚地看见我：
是太阳的反射，光芒的银币
是岩石上的几何，风中的植物
是一朵玫瑰流淌在空气中的颜色
是一千朵玫瑰最终宣泄成的瀑布
是静止的速度，黄金的弧形
是柔软的时间，碎片的力量
是过度的线条，黑色 + 白色的可能
是光铸造的酋长，穿越深渊的 0
是宇宙失落的长矛，飞行中的箭
是被感觉和梦幻碰碎的
某一粒逃窜的晶体
水珠四溅，色彩斑斓
是勇士佩带上一颗颗通灵的贝壳
是消失了的国王的头饰
在大地子宫里的又一次复活

8

二月是生命的季节
拒绝羞涩，是燃烧的雪
泛滥的开始

野性的风，吹动峡谷的号角
遗忘名字，在这里寻找并完成
另一个生命诞生的仪式
这是所有母性——
神秘的词语和诗篇
它只为生殖之神的
降临而吟诵……

追逐 离心力 失重 闪电 弧线
欲望的弓 切割的宝石 分裂的空气
重复的跳跃 气味的舌尖 接纳的坚硬
奔跑的目标 颌骨的坡度 不相等的飞行
迟缓的光速 分解的摇曳 缺席的负重
撕咬 撕咬 血管的磷 齿唇的馈赠
呼吸的波浪 急遽的升起 强烈如初
捶打的舞蹈 临界死亡的牵引 抽空 抽空
想象 地震的战栗 奉献 大地的凹陷
向外渗漏 分崩离析 喷泉 喷泉 喷泉
生命中坠落的倦意 边缘的颤抖 回忆
雷鸣后的寂静 等待 群山的回声……

9

在峭壁上舞蹈
黑暗的底片
沉落在白昼的海洋
从上到下的逻辑
跳跃虚无与存在的山涧
自由的领地
在这里只有我们
能选择自己的方式
我的四肢攀爬
陡峭的神经
爪子踩着岩石的
琴键，轻如羽毛
我是山地的水手
充满着无名的渴望
在我出击的时候
风速没有我快
但我的铠甲却在
空气中嘶嘶发响
我是自由落体的王子
雪山十二子的兄弟
九十度的往上冲刺
一百二十度的骤然下降

是我有着花斑的长尾
平衡了生与死的界限……

10

昨晚梦见了妈妈
她还在那里等待，目光幽幽

我们注定是——
孤独的行者
两岁以后，就会离开保护
独自去证明
我也是一个将比我的父亲
更勇敢的武士
我会为捍卫我高贵血统
以及那世代相传的
永远不可被玷污的荣誉
而流尽最后一滴血

我们不会选择耻辱
就是在决斗的沙场
我也会在临死前
大声地告诉世人

——我是谁的儿子！
因为祖先的英名
如同白雪一样圣洁
从出生的那一天
我就明白——
我和我的兄弟们
是一座座雪山
永远的保护神

我们不会遗忘——
神圣的职责
我的梦境里时常浮现的
是一代代祖先的容貌
我的双唇上飘荡着的
是一个伟大家族的
黄金谱系！

我总是靠近死亡，但也凝视未来

11

有人说我护卫的神山
没有雪灾和瘟疫

当我独自站在山巅
在目光所及之地
白雪一片清澈
所有的生命都沐浴在纯净的
祥和的光里。远方的鹰
最初还能看见，在无际的边缘
只剩下一个小点，但是，还是同往常一样
在蓝色的深处，消失得无影无踪
在不远的地方，牧人的炊烟
袅袅轻升，几乎看不出这是一种现实
黑色的牦牛，散落在山坳的低洼中
在那里，会有一些紫色的雾霭，漂浮
在小河白色冰层的上面
在这样的时候，灵魂和肉体已经分离
我的思绪，开始忘我地漂浮
此时，仿佛能听到来自天宇的声音
而我的舌尖上的词语，正用另一种方式
在这苍穹巨大的门前，开始
为这一片大地上的所有生灵祈福……

12

我活在典籍里，是岩石中的蛇

我的命是一百匹马的命，是一千头牛的命
也是一万个人的命。因为我，隐蔽在
佛经的某一页，谁杀死我，就是
杀死另一个看不见的，成千上万的我
我的血迹不会留在巨石上，因为它
没有颜色，但那样仍然是罪证
我销声匿迹，扯碎夜的帷幕
一双熄灭的眼，如同石头的内心一样隐秘
一个灵魂独处，或许能听见大地的心跳？
但我还是只喜欢望着天空的星星
忘记了有多长时间，直到它流出了眼泪

13

一颗子弹击中了
我的兄弟，那只名字叫白银的雪豹
射击者的手指，弯曲着
一阵沉闷的牛角的回声
已把死亡的讯息传遍了山谷
就是那颗子弹
我们灵敏的眼睛，短暂的失忆
虽然看见了它，像一道红色的闪电
刺穿了焚烧着的时间和距离

但已经来不及躲藏
黎明停止了喘息
就是那颗子弹
它的发射者的头颅，以及
为这个头颅供给血液的心脏
已经被罪恶的账簿冻结
就是那颗子弹，像一滴血
就在它穿透目标的那一个瞬间
射杀者也将被眼前的景象震撼
在子弹飞过的地方
群山的哭泣发出伤口的声音
赤狐的悲鸣再没有停止
岩石上流淌着晶莹的泪水
蒿草吹响了死亡的笛子
冰河在不该碎裂的时候开始巨响
天空出现了地狱的颜色
恐惧的雷声滚动在黑暗的天际

我们的每一次死亡，都是生命的控诉！

14

你问我为什么坐在石岩上哭？

无端的哭，毫无理由的哭
其实，我是想从一个词的反面
去照亮另一个词，因为此时
它正置身于泪水充盈的黑暗
我要把埋在石岩阴影里的头
从雾的深处抬起，用一双疑惑的眼睛
机警地审视危机四伏的世界
所有生存的方式，都来自于祖先的传承
在这里古老的太阳，给了我们温暖
伸手就能触摸的，是低垂的月亮
同样是它们，用一种宽厚的仁慈
让我们学会了万物的语言，通灵的技艺
是的，我们渐渐地已经知道
这个世界亘古就有的自然法则
开始被人类一天天地改变
钢铁的声音，以及摩天大楼的倒影
在这个地球绿色的肺叶上
留下了血淋淋的伤口，我们还能看见
就在每一分钟的时空里
都有着动物和植物的灭绝在发生
我们知道，时间已经不多
无论是对于人类，还是对于我们自己
或许这已经就是最后的机会
因为这个地球全部生命的延续，已经证实

任何一种动物和植物的消亡
都是我们共同的灾难和梦魇
在这里，我想告诉人类
我们大家都已无路可逃，这也是
你看见我只身坐在岩石上，为什么
失声痛哭的原因！

15

我是另一种存在，常常看不见自己
除了在灰色的岩石上重返
最喜爱的还是，繁星点点的夜空
因为这无限的天际
像我美丽的身躯，幻化成的图案

为了证实自己的发现
轻轻地呼吸，我会从一千里之外
闻到草原花草的香甜
还能在瞬间，分辨出羚羊消失的方位
甚至有时候，能够准确预测
是谁的蹄印，落在了山涧的底部

我能听见微尘的声音

在它的核心，有巨石碎裂
还有若隐若现的银河
永不复返地熄灭
那千万个深不见底的黑洞
闪耀着未知的白昼

我能在睡梦中，进入濒临死亡的状态
那时候能看见，转世前的模样
为了减轻沉重的罪孽，我也曾经
把赎罪的钟声敲响

虽然我有九条命，但死亡的来临
也将同来世的新生一样正常……

16

我不会写文字的诗
但我仍然会——用自己的脚趾
在这白雪皑皑的素笺上
为未来的子孙，留下
自己最后的遗言

我的一生，就如同我们所有的

先辈和前贤一样，熟悉并了解
雪域世界的一切，在这里
黎明的曙光，要远远比黄昏的落日
还要诱人，那完全是
因为白雪反光的作用
不是在每一个季节，我们都能
享受幸福的时光
或许，这就是命运和生活的无常
有时还会为获取生存的食物
被尖利的碎石划伤
但尽管如此，我欢乐的日子
还是要比悲伤的时日更多

我曾看见过许多壮丽的景象
可以说，是这个世界别的动物
当然也包括人类，闻所未闻
不是因为我的欲望所获
而是伟大的造物主对我的厚爱
在这雪山的最高处，我看见过
液态的时间，在蓝雪的光辉里消失
灿烂的星群，倾泻出芬芳的甘露
有一束光，那来自宇宙的纤维
是如何渐渐地落入了永恒的黑暗

是的，我还要告诉你一个秘密
我没有看见过地狱完整的模样
但我却找到了通往天堂的入口！

17

这不是道别
原谅我！我永远不会离开这里
尽管这是最后的领地
我将离群索居，在人迹罕至的地方

不要再追杀我，我也是这个
星球世界，与你们的骨血
连在一起的同胞兄弟
让我在黑色的翅膀笼罩之前
忘记虐杀带来的恐惧

当我从祖先千年的记忆中醒来
神授的语言，将把我的双唇
变成道具，那父子连名的传统
在今天，已成为反对一切强权的武器

原谅我！我不需要廉价的同情

我的历史、价值体系以及独特的生活方式
是我在这个大千世界里
立足的根本所在，谁也不能代替！

不要把我的图片放在
众人都能看见的地方
我害怕，那些以保护的名义
对我进行的看不见的追逐和同化！

原谅我！这不是道别
但是我相信，那最后的审判
绝不会遥遥无期……！

移动的棋子

相信指头，其实更应该相信
手掌的不确定，因为它的木勺
并不只对自己，那手纹的反面
空白的终结，或许只在夜晚
相信手掌，但手臂的临时颠倒
却让它猝不及防，像一个侍者
相信手臂，可是身体别的部分
却发出了振聋发聩的呻吟，因为
手臂无法确定两个同样的时刻
相信身体，然而影子的四肢
并不具有揉碎灵魂的短斧
相信思想，弧形的一次虚构
让核心的躯体，抵达可怕的深渊
不对比的高度，钉牢了残缺的器官
相信自由的意志，在无限的时间
之外，未知的事物背信弃义
没有唯一，只有巨石上深刻的 3
相信吹动的形态，在第四维
星群神秘的迁徙，只有多或少
黑暗的宇宙布满规律的文字

相信形而上的垂直，那白色的铁
可是谁能证实？在人类的头顶之上
没有另一只手，双重看不见的存在
穿过金属的磁性，沿着肋骨的图案
在把棋子朝着更黑的水里移动……

而我——又怎能不回到这里！

谁能理解我！或者说：我们
那是因为精神的传统，早已经
断奏，脐带上滴下的血
渗入泥土，发出黑色的吼叫

我回去，并不是寻找自己
那条泥泞的路，并不是唯一
只有丰饶的天空——信守诺言
直到今天，还为我指引方向

在这里，或许在河流之上
或许在火焰之上，或许在意识之上
虽然这一切都被割裂在昨天
但不可遏制的伤痛，依然还活着

已经不可能，再骑着马
在母语的疆域，独自巡游
泪光中的黄昏，恍若隔世
如此遥远，若隐若现……

从陌生的地方返回，我无意证明
我们死后，会有三个灵魂遗世
而我只是想，哪怕短暂的遗忘
那异化的身份，非人的声音。

选择祖先的方式，让游子回家
在这个金钱和物质的世纪
又有谁更在乎，心灵的感受
而作为一个人，我没有更高的祈求

我的灵魂，曾到过无数的地方
我看见他们，已经把这个地球——
糟蹋得失去了模样，而人类的非理性
迷途难返，现在还处于疯狂！

原谅我！已经无法再负重，因为
我的行囊里，没有别的任何东西。
因为我只想——也只有这样一个愿望：
用鼻子闻一闻，山坡上松针的清香……

在许多时候，骨骼的影子
把土墙上的痕迹抹去
金黄的口弦，不再诱惑我
另一个自我，已经客死在他乡！

但我还是要回去，这一决定——
不可更改，尽管我的历史和故乡的家园
已经伤痕累累，满目疮痍……
而我——又怎能不回到这里！

耶路撒冷的鸽子

在黎明的时候，我听见
在耶路撒冷我居住的旅馆的窗户外
一只鸽子在咕咕地轻哼……

我听着这只鸽子的叫声
如同是另一种陌生的语言
然而它的声音，却显得忽近忽远
我甚至无法判断它的距离
那声音仿佛来自地底的深处
又好像是从高空的云端传来

这鸽子的叫声，苍凉而古老
或许它同死亡的时间一样久远
就在离它不远的地方，在通往
哭墙和阿克萨清真寺的石板上
不同信徒的血迹，从未被擦拭干净
如果这仅仅是为了信仰，我怀疑
上帝和真主是否真的爱过我们

我听着这只鸽子咕咕的叫声

一声比一声更高，哭吧！开始哭！

原谅我，人类！此刻我只有长久的沉默……

寻找费德里科·加西亚·洛尔加

我寻找你——
费德里科·加西亚·洛尔加
在格拉纳达的天空下
你的影子弥漫在所有的空气中
我穿行在你曾经漫步过的街道
你的名字没有回声
只有瓜达基维河[1]那轻柔的幻影
在橙子和橄榄林的头顶飘去
在格拉纳达，我虔诚地拜访过
你居住过的每一处房舍
从你睡过的婴儿时的摇篮
（虽然它已经停止了歌吟和晃动）
到你写作令人心碎的谣曲的书桌
费德里科·加西亚·洛尔加——
我寻找你，并不仅仅是为了寻找
因为你的生命和巨大的死亡
让风旗旋转的安达卢西亚
直到今天它的吉他琴还在呜咽
因为你的灵魂和优雅的风度

〔1〕瓜达基维河：是一条流经诗人洛尔加故乡格拉纳达的河流。

以及喜悦底下看不见的悲哀
早已给这片绿色的土地盖上了银光
费德里科·加西亚·洛尔加——
一位真正的诗歌的通灵者，他不是
因为想成为诗人才来到这个世界上
而是因为通过语言和声音的通灵
他才成为了一个真正的诗歌的酋长
费德里科·加西亚·洛尔加——
纵然你对语言以及文字的敏感
有着光一般的抽象和直觉
但你从来不是为了雕饰词语
而将神授的语言杀死的匠人
你的诗是天空的嘴唇
是泉水的渴望，是暝色的颅骨
是鸟语编的星星，是幽暗的思维
是蜥蜴的麦穗，是田园的杯子
是月桂的铃铛，是月亮的弱音器
是凄厉的晕光，是雪地上的磷火
是刺进利剑的心，是骷髅的睡眠
是舌尖的苦胆，是垂死的手鼓
是燃烧的喉咙，是被切开的血管
是死亡的前方，是红色的悲风
是固执的血，是死亡的技能
费德里科·加西亚·洛尔加——

只有真正到了你的安达卢西亚，我们
才会知道，你的诗为什么
具有鲜血的滋味和金属的性质！

致尤若夫·阿蒂拉

你是不是还睡在
静静的马洛什河[1]的旁边？
或许你就如同
你曾描述过的那样——
只是一个疲乏的人，躺在
柔软的小草上睡觉。唉！
一个从不说谎，只讲真话的人
谁又能给你的心灵以慰藉呢？
因为饥饿，哪怕就是
神圣的泥土已经把你埋葬
但为了一片温暖的面包
你的影子仍然会在蒿尔托巴吉[2]
寻找一片要收割的成熟的庄稼
这时候，我们读你的诗
光明的词语会撞击我们的心
我们会这样想，怀着十分的好奇
你为什么能把人类的饥饿写到极致？
你的饥饿，不是你干瘪的胃吞噬的饥饿

〔1〕马洛什河：匈牙利南部的一条河流。
〔2〕蒿尔托巴吉：匈牙利大平原东北部的一片草原。

不是那只饿得咯咯叫着的母鸡
你的饥饿，不是一个人的饥饿
不是反射性的饥饿，是没有记忆的饥饿
你的饥饿，是分成两半的饥饿
是胜利者的饥饿，也是被征服者的饥饿
是过去、现在和将来的饥饿
你的饥饿，是另一种生命的饥饿
没有饥饿能去证明，饥饿存在的本身
你的饥饿，是全世界的饥饿
它不分种族，超越了所有的国界
你的饥饿，是饿死了的饥饿
是发疯的铁勺的饥饿，是被饥饿折磨的饥饿
因为你的存在，那磨快的镰刀
以及农民家里灶炉中熊熊燃烧的柴火
开始在沉睡者的梦里闪闪发光
原野上的小麦，掀起一层层波浪
在那隐秘的匈牙利的黑土上面
你自由的诗句，正发出叮当的响声……

尤若夫·阿蒂拉——
我们念你的诗歌，热爱你
那是因为，从一开始直到死亡来临
你都站在不幸的人们一边！

重新诞生的莱茵河

——致摄影家安德烈斯·古斯基[1]

让我们在这个地球上的某一处
或许就在任何一个地方

让我们像你一样
做一次力所能及的人为的创造

你镜头里的莱茵河
灰色是如此的遥远
看不见鸽子，天空没有飞的欲望
只有地平线，把缄默的心
镶入一只杯子

在镜头里，钢筋水泥的建筑
绽放着崭新的死亡
静止的阴影，再不会有鸟群
在这时空的咽喉中翻飞

---

〔1〕安德烈斯·古斯基（1955—）：德国当代著名极简主义摄影家，环保主义者。

你没有坐在河的岸边独自饮泣
你开始制着自己的作品
并果断地做出了如下的选择：

把黑色的烟囱，从这里移走
并让钢筋水泥的隔膜，消失
在梦和现实的边界
你让两岸的大地和绿草生机勃勃
在天地之外也能听见鸟儿的鸣叫
是你与制造垃圾的人殊死搏斗
最终是用想象的利刃杀死了对方
你把莱茵河还给了自然……

如果我死了……

如果我死了
把我送回有着群山的故土
再把我交给火焰
就像我的祖先一样
在火焰之上：
天空不是虚无的存在
那里有勇士的铠甲，透明的宝剑
鸟儿的马鞍，母语的盐
重返大地的种籽，比豹更多的天石
还能听见，风吹动
荞麦发出的簌簌的声音
振翅的太阳，穿过时间的阶梯
悬崖上的蜂巢，涌出神的甜蜜
谷粒的河流，星辰隐没于微小的核心
在火焰之上：
我的灵魂，将开始远行
对于我，只有在那里——
死亡才是崭新的开始，灰烬还会燃烧
在那永恒的黄昏弥漫的路上
我的影子，一刻也不会停留

正朝着先辈们走过的路
继续往前走，那条路是白色的
而我的名字，还没有等到光明全部涌入
就已经披上了黄金的颜色：闪着光！

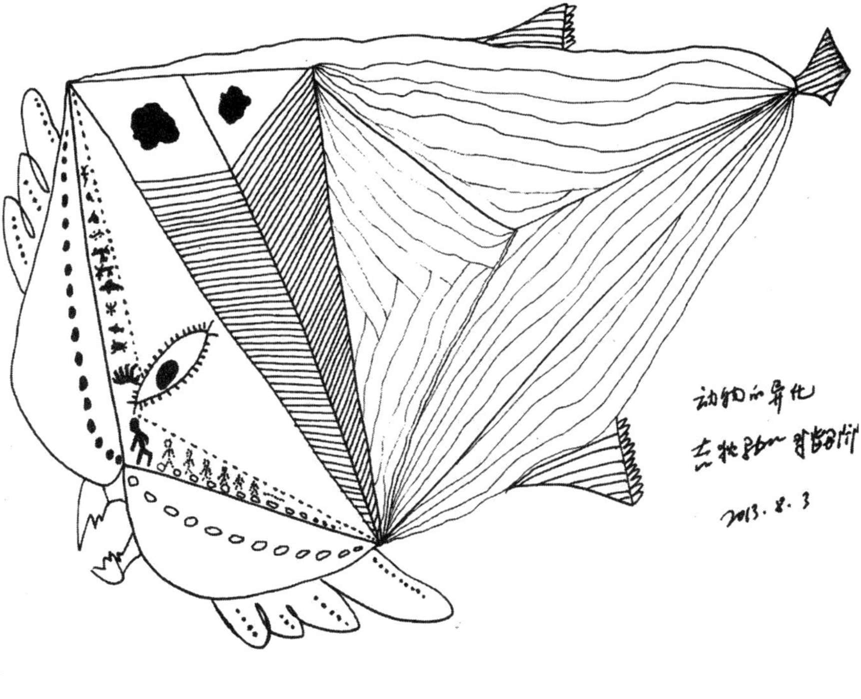
动物的异化
2013.8.3

巨石上的痕迹

——致W·J·H铜像

原谅我，此次
不能来拜望另一个你
你早已穿过了——
那个属于死亡的地域
并不是在今天，你才又
在火焰的门槛前复活
其实你的名字，连同
那曾经发生的一切
无论是赞美，还是哑然
你的智慧，以及高大的身躯
都会被诺苏的子孙们记忆
是一个血与火的时代，选择了你
而作为一个彝人，你也竭尽了全力
在那块巨石上留下了痕迹
如同称职的工匠，你的铁锤
发出了叮当的声音，在那
黑暗与光明泥泞的路上
虽不是圣徒，却遮护着良心
你曾看见过垂直的天空上

比阿什拉则[1]金黄的铜铃
那自然的法则，灼烫的词根
只有群山才是永久的灵床
我知道，你从未领取过前往
——长眠之地的通行证
因为还在你健在的时候
我俩就曾经这样谈起——
我们活着已经不是为了自己
而死亡对于我们而言
仅仅是改变了方向的时间！

〔1〕比阿什拉则：彝族古代著名的祭师、天象师、文字传承者。

拉姆措湖[1]的反光

站在更高的地方，或许
这就是水的石板在反光
白天已经遁逝，天上的星群
涌入光明的牛奶
听不见神的脚步，在更高处
它们在冷冷地窥视大地
你说水的深度，在这里
还有什么更深的意义？
目光所及之处，可看见
碎银的穹顶，拉姆措
在瞬息间成了另一个
无法预测的未知的宇宙
浮现出了花豹的斑纹
也许在神秘的殿堂，祭祀
插出的金枝，那是银河
永恒不可颠覆的图像
我不是巫师，不能算出
词语的肋骨还能存活多久

---

〔1〕拉姆措湖：青藏高原著名的神湖。

但在这里，风吹透时间
没有了生和死的界线。肯定没有！
但那扇大门，看见了吧
却始终开着……

致酒

从不因悲愁而饮酒
那样的酒——
会让火焰与伤口
爬上死亡的楼梯
用酒来为心灵解忧
无色的桌布上
只会有更多的泪痕
我从来就只为欢聚
或许，还有倾诉
才去把杯盏握住
我从不一个人的时候
去品尝醉人的香醇
独有那真正的饮者
能理解什么是分享
我曾看见过牛皮的碗
旋转过众人的双手
既为活人也为死者
没有酒，这个世界
就不会有诗歌和箴言
黑暗与光明将更远

我相信，酒的能力
可消弥时间的距离
能忘掉反面的影子
但也惟有它，我们
最终才能沉落于无限
在浩瀚的天宇里
如同一粒失重的巨石
在把倒立的铁敲响……

我接受这样的指令

我接受这样的指令：
不是拒绝冰
也不是排斥火焰
而是把冰点燃
让火焰成为冰……

契约

每天早晨的醒来
都是被那个声音唤醒
除了我，还有所有的生命
如果有谁被遗忘
再听不见那个声音
并不是出了差错
那是永恒的长眠
偶然——找到了他！

鹰的葬礼

谁见过鹰的葬礼
在那绝壁上，或是
万丈瀑布的高空
宿命的铁锤
唯一的仪式
把钉子送上了穹顶
鹰的死亡，是粉碎的灿烂
是虚无给天空的
最沉重的一击！没有
送行者，只有太阳的
使臣，打开了所有的窗户……

盲人

暮年的博尔赫斯，在白昼
也生活在黑暗的世界，或许
他的耳朵，能延长光的手指
让最黑的部分也溢出亮度
当他独自仰着头的时候
脸上的微笑更是意味深长
不是词在构筑第四个空间
仍然是想象，在他干枯的眼底
浮现出一片黄金般的沙漠
他不是靠回忆，对比会杀死它们
那些透明的石头，没有重量的宫殿
并不完整的城堡，已经弯曲的钥匙
空悬在楼梯之上的图书和穹顶
没有边界的星空，倒置了的长椅
以及通向时间花园之外的小径
而这一切，都是被一个盲者创造
这是他用另一种语言打开的书籍
不为别人，这一次只为自己！

铜像

半夜醒来，那时候
博尔赫斯已经习惯
要在黑暗中前行，独自
穿过客厅，一双手
摸索，凡是触摸到的
每一样东西，他都
十分熟悉，因为已经
没有更诱人的话题
能留住白天的思绪
独有死亡，一直追随
人到了这样的年龄
似乎没什么再可惧怕
只是每一次，当他
无意中摸到自己的头像
五根手指在更深的地方
便能感受到虚无的气息
那金属的冰凉，会让他
着实吓一跳，他不相信
那个铜像与自己有关
但他却知道，逝去的生命
已经在轮回的路上再不回头……

流亡者

——写给诗人阿多尼斯和他流离失所的人民

那是一间老屋，与别人无关
只要流亡者活着——
它就活着，如果流亡者有一天
死了，它也许才会在亡者的记忆中被埋葬
假如亡灵永存，还会归来
它会迎接他，用谁也看不见的方式
虽然屋顶的一半，已经被炮弹损毁
墙壁上布满了无声的弹孔
流亡者的照片，还挂在墙上
一双双宁静的眼睛，沉浸在幽暗的
光线里，经过硝烟发酵的空气
仍然有烤羊肉和腌橄榄的味道
流亡者的记忆，会长时间停留在院落
那水池里的水曾被妈妈用作浇灌花草
娇艳硕大的玫瑰，令每一位
来访者动容，从茶壶中倒出的阿拉伯咖啡
和浓香的红茶，不知让多少异乡人体会过
款待他人的美德，虽然已经不能完全记住

是重逢还是告别？但那亲密的拥抱
以及嘴里发出的咂咂声响
却在回忆和泪眼里闪动着隐秘的事物
流亡者，并不是一个今天才有的称谓
你们的祖先目睹过两河流域落日的金黄
无数的征服者都觊觎你麦香的乳房
当饥饿干渴的老人，在灼热的沙漠深处迷失
儿童和妇女在大海上，就只能选择
比生更容易的死的结局和未知
今天的流亡——并不是一次合谋的暴力
而是不同利益集团加害给无辜者的器皿
杯中盛满的只有绝望、痛哭、眼泪和鲜血
有公开的杀人狂，当然也有隐形的赌徒
被牺牲者——不是别人！
在叙利亚，指的就是没有被抽象过的
——活生生的千百万普通的人民
你看他们的眼神，那是怎样的一种眼神！
毫无疑问，它们是对这个世纪人类的控诉
被道义和良心指控的，当然不是三分之一
它包括指手画脚的极少数，沉默无语的大多数
就是那些无关痛痒的旁观者
我告诉你们，只要我们与受害者
生活在同一个时空——作为人！
我们就必须承担这份罪孽的某一个部分

那是一间老屋，与别人无关
然而，是的，的确，它的全身都布满了弹孔
就如同夜幕上死寂的星星……

黑色

——写给马列维奇[1]和我们自己

影子在更暗处，在潜意识的生铁里
它天空穹顶的幕布被道具遮蔽
唯一的出口，被形式吹灭的绝对
一粒宇宙的纤维，隐没在针孔的巨石
没有前行，更不会后退，无法预言风的方向
时间坠入无穷，只有一道消遁的零的空门
不朝向生，不朝向死，只朝向未知的等边
没有眼睛的面具，睡眠的灵床，看不见的梯子
被织入送魂的归途，至上的原始，肃穆高贵的维度
找不到开始，也没有结束，比永恒更悠久
光制造的重量，虚无深不可测，只抵达谜语的核心！

---

〔1〕卡西米尔·塞·马列维奇（1878—）：俄罗斯前卫艺术最重要的倡导者，20 世纪具有世界影响的美术大师，其代表作《黑色正方形》已成为一种象征和标志。

博格达峰的雪

——致伊明·艾合买提

博格达耸立在群山的高处，
有谁又能徒步翻过那白色的顶峰，
它曾目睹无数行吟者在它的身旁，
最早的歌手也只留下横陈大地的影子。
我们把手中的琴拨弹得如此激越，
假如琴弦在瞬间戛然发生断裂，
是不是那预言的就是亘古不变的死亡？
或是宣告新的生命将在光明的子宫中诞生？
作为诗人我们是这般的幸运，
因为古老的语言还存活在世间，
就是我们的肉体已经消失得毫无踪影，
但我们吟唱的声音却还会响彻在宇宙。
朋友，你们看，在时间的疾风里，
所有物质铸成的形式都在腐朽，
任何力量也都无法抵抗它的选择，
这不是命运的无常，而是不可更改的方向。
如果有什么奇迹还会在最后时刻出现，
那就是我们的诗歌还站在那里没有死亡。

刺穿的心脏

——写给吉茨安·尤斯金诺维奇·塔比泽[1]

你已经交出了被刺穿的心脏
没有给别人，而是你的格鲁吉亚
当我想象穆赫兰山[2]顶雪的反光
你的面庞就会在这大地上掠过

不知道你的尸骨埋在何处
那里的白天和黑夜是否都在守护
在你僵硬地倒毙在山岗之前
其实你的诗已经越过了死亡地带

对于你而言，我是一位不速之客
然而我等待你却已经很久很久
为了与你相遇，我不认为这是上苍的安排
更不会去相信，这是他人祈祷的结果

---

〔1〕吉茨安·尤斯金诺维奇·塔比泽（1895—1937）：20世纪格鲁吉亚和前苏联著名诗人，象征主义诗歌流派的领袖人物。1937年去世，是前苏联大清洗牺牲者之一，死后平反恢复名誉。

〔2〕穆赫兰山：格鲁吉亚境内一座著名的山脉。

那是你的诗和黑暗中的眼泪
它们并没有死，那悲伤的力量
从另一个只有同病相怜者的通道
送到了我一直孤单无依的心灵

即使你已经离世很久，但你的诗
却依然被复活的角笛再次吹响
相信我——我们是这个世界的同类
否则就不会在幽暗的深处把我惊醒

我们都是群山和传统的守卫者
为了你的穆哈姆巴吉〔3〕和我祖先的克哲〔4〕
勇敢的死亡以及活下去所要承受的痛苦
无非都是生活和命运对我们的奖赏……

---

〔3〕穆哈姆巴吉：格鲁吉亚一种古老的诗歌形式。

〔4〕克哲：彝族一种古老的诗歌对唱形式。

诗人的结局

我不知道，
是 1643 年的冬天，
还是 1810 年彝族过年的日子。

总之，实际上，
老人们都这样说。

在吉勒布特，
那是一场罕见的大雪，
整整下了一天一夜。
住在这里的一家人，
有十三个身强力壮的儿子，
他们骄傲的父母，
都用老虎和豹子，
来为他们的后代命名。

鹰的影子穿过了，
谚语谜一般的峡谷。

大雪还在下，

直到傍晚的时候，
妈妈在嘴里喃喃地、
数着一个个归来的儿子。

“一个、两个、三个……”

她站在院落外，
看着自己的儿子们，
披着厚实的羊毛皮毡，
全身冒着热气。
透过晶莹的雪花，
她的眼睛闪动着光亮。

这一切都发生在这里。

一块破碎的锅庄石，
被坚硬的犁头惊醒，
时间已经是 2011 年春季，
他们用手指向那里：

“你的祖先就居住在此地！”

燃烧的牛皮在空中弯曲成文字。

一个词语的根。
一个谱系的火焰。
被捍卫的荣誉。
黑色的石骨。
从鹰爪未来的杯底，
传来群山向内的齐唱。
太阳的钟点，
从未停止过旋转。

我回到了这里。
戏剧刚演到第三场。

因为父子连名的传统，
那结局我已知晓。
从此死亡对于我而言，
再不是一个最后的秘密。
这不是一场游戏，
作为主角，不要耻笑我，
我是另一个负重的虚无，
戏的第七场已经开始……

致叶夫图申科[1]

对于我们这样的诗人：
忠诚于自己的祖国，
也热爱各自的民族。
然而我们的爱，却从未
被锁在狭隘的铁笼，
这就如同空气和阳光，
在这个地球的任何一个地方，
都能感受到它的存在。
我们或许都有过这样的经历，
都曾为另一个国度发生的事情流泪，
就是他们的喜悦和悲伤，
虽然相隔遥远，也会直抵我们的心房，
尽管此前我们是如此的陌生。
如果说我们的诞生，是偶然加上的必然，
那我们的死亡，难道不就是必然减去的偶然吗？
朋友，对于此我们从未有过怀疑！

---

〔1〕叶·亚·叶夫图申科（1933—2017）：俄罗斯著名诗人。他是前苏联五十年代末、六十年代初“大声疾呼”派诗人的代表人物，也是二十世纪最具影响力的诗人之一。他的诗题材广泛，以政论性和抒情性著称，既写国内现实生活，也干预国际政治，以大胆触及尖锐的社会问题而闻名。

没有告诉我

——答诗人埃乌杰尼奥·蒙塔莱[1]，
因他有过同样的境遇，他当时只有长勺

比阿什拉则，
没有告诉我，
在灵魂被送走的路上，
是否还有被款待的机会。
有人说无论结果怎样，
你都要带上自己的木勺。
我有两把木勺，
一把是最长的，还有一把是最短的，
但这样的聚会却经常是
不长不短的木勺，
才能让赴宴者舀到食物，
但是我没有，这是一个问题。

[1] 埃乌杰尼奥·蒙塔莱（1896—1981）：20世纪意大利著名诗人。

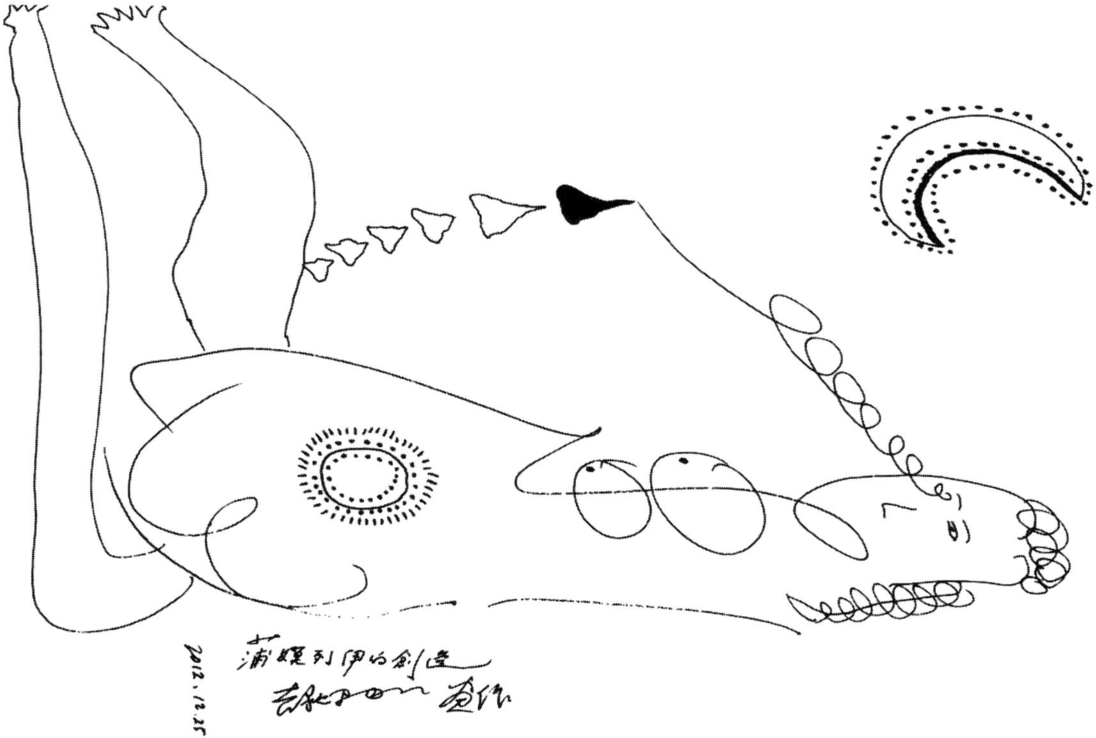
蒲媞列伊的创造
2012.12.25

献给妈妈的二十首十四行诗

见证了一个不平凡的时代，
经历了先人从未经历过的生活。
——题记

当死亡正在来临

从今天起就是一个孤儿，
旁人这样无情地对我说。
因为就在黑色覆盖了白色的时候，
妈妈就已经进入了另一个世界。

不要再去质疑孤儿的标准，
一旦失去了母亲，才知道何谓孤苦无助。
在这块巨石还没有沉没以前，
她就一直是我生命中的依靠。

当死亡在这一天真正来临，
所有的诅咒都失去了意义，
死神用母语喊了她的名字：

尼子·果各卓史[1]，接你的白马，
已经到了门外。早亡的姐妹在涕泣，
她们穿着盛装，肃立在故乡的高地。

故土

在那个名字叫尼子马列[2]的地方，
祖辈的声名是如此显赫，
无数的坐骑在半山悠闲地吃草，
成群的牛羊，如同天空的白云。

多少宾朋从远方慕名而来，
宰杀牲口才足以表达主人的盛情。
就是在大凉山腹地的深处，
这个家族的美名也被传播。

但今天这一切已不复存在，
没有一种繁华能持续千年，
是时间的暴力改变了一切。

---

〔1〕尼子·果各卓史：诗人母亲的名字（又名马秀英），生于1931.3.15，卒于2016.10.30。出生于彝族贵族家庭，早年投身社会主义革命，共产党员，曾担任过凉山彝族自治州人民医院副院长、凉山卫校校长。

〔2〕尼子马列：诗人母亲故乡的地名。

先人的骨灰仍沉睡在这里，
唯有无言的故土，还在接纳亡灵，
它是我们永生永世的长眠之地。

记忆的片段

多少年再没有回到家乡，
并不是时间和空间的距离，
才让她去重构故土的模样，
而这一切是如此的遥远。

姐妹们在院落里低声喧哗，
争论谁应该穿到第一件新衣，
缝衣娘许诺了她们中的每一位，
只有大姐二姐羞涩地伫立门前。

坐在火塘边的祖母头发比雪还白，
吊着的水壶冒着热腾腾的水汽，
远处传来的是放牧者粗犷的歌声。

这是亡故者记忆中的片段，
她讲过多少遍，谁也说不清。
但愿活着的人，不要忘记。

生与死的幕布

河流朝着一个方向流淌，
群山让时间沉落于不朽。
有人说这是一场暴风骤雨，
群山里的生活终究会有改变。

千百年所选择的生活方式，
只有火焰的词语熄灭于疾风。
不是靠幸运才存活到今天，
旋转的酒碗是传统的智慧。

山坡上的荞麦沾满了星光，
祖居之地只剩下残壁断垣，
再没有听见过口弦的倾诉。

头上是永恒的北斗七星，
生与死的幕布轮流值日，
真遗憾，今天选择了落幕。

命运

这个时代改变了你们的命运，

从此再没有过回头和犹豫。
不是圣徒，没有赤脚踏上荆棘，
但道路上仍留下了血迹。

看过那块被烧得通红的石头，
没有人知道铁铧的全部含义。
生与死相隔其实并不遥远，
他们一前一后紧紧相随。

你们的灵魂曾被火光照亮，
但在那无法看见的颜色深处，
也留下了疼痛，没有名字的伤口。

不用再为你们祈祷送魂，
那条白色的路就能引领，
这一生你们无愧于任何人。

墓前的白石

墓的前面放着一块白石，
上面镌刻着你们的名字。
多么坚实厚重的石头，
还有我为你们写下的诗行。

从这里能看见整座城市，
生和死还在每时每刻地更替。
只有阳光那白银一般的舞蹈，
涌入了所有生命的窗口。

在目光所及更远的地方，
唯有山峰之间是一个缺口，
据说那是通向无限的路标。

亡灵长眠在宁静的山岗之上，
白色的石头在向活人低语：
死亡才刚结束，生命又开始疯狂。

迎接了死亡

妈妈的眼角最后有一颗泪滴，
那是她留给这个世界的隐喻。
可以肯定它不代表悲戚，
只是在做一种特殊的告别。

不是今天才有死亡的存在，
那黑色的旗帜，像鸟的翅膀，
一直飞翔在昼夜的天空，

随时还会落在受邀者的头顶。

冥府的通知被高高举起，
邮差将送到每一个地址，
从未听说他出现过差错。

妈妈早就知道这一天的来临，
为自己缝制了头帕和衣裙，
跟自己的祖先一样，她迎接了死亡。

这是我预定的灵床

我的妈妈已经开始上路，
难怪山坡上的索玛[3]像发了疯。
白昼的光芒穿过世界的核心，
该被诅咒的十月成为了死期。

把头朝着故乡的方向，
就是火化成灰也要回去。
这个城市对你已不再陌生，
但你的归宿命定不在这里。

---

〔3〕索玛：即索玛花，汉语又称杜鹃花。

口弦，马布，月琴[4]，都在哀唤，
活着的时候就喜欢它们，
但今天却只能报以沉默。

当又能闻到松脂和蜂蜜的味道，
那是到了古洪姆底[5]，我知道你会说：
终于可以睡下了，这是我预定的灵床。

回忆的权利

不知道从什么时候开始，
你就是靠回忆生活。
就是昨天刚遇见过的事，
也不能把它们全部想起。

真能想起的都是遥远的事情，
它们在黑暗的深处闪光。
你躲在木楼的二层捉迷藏，
听见妹妹说：姐姐可以找你了吗？

经常拿出发黄的照片，

---

〔4〕口弦，马布，月琴：均为彝族古老的乐器。
〔5〕古洪姆底：大小凉山的彝语称谓，泛指彝族的聚居地。

对旁人讲解，背着沉重的药箱，
访问过许多贫病交加的人。

人活着是否需要理由？
是你给了我们另一个答案，
谁也不能剥夺，回忆的权力。

我不会后退

原谅我，一直不知道，
是因为妈妈的存在和活着，
我才把死亡渐渐地遗忘，
其实它一直在追逐着我们。

妈妈站在我和死亡之间，
像一座圣洁的雪山，
也如同浩瀚无边的大海，
但今天我的身边只伫立着死亡。

纵然没有了生命中的护身符吉尔[6]，
当面对无端的谎言、中伤以及暗算，

---

〔6〕吉尔：彝族每一个家族都有吉尔，即护身符，在这里指诗人的母亲。

也不会辱没群山高贵的传统和荣誉。

再不用担心妈妈为我悲伤，
既然活着已经不是为了自己，
为了捍卫人的权利，我不会后退。

等我回家的人

我不用再急着赶回家去，
在半夜时敲响那扇门扉。
等候我回家的人，
已经去了另一个世界。

那时只有我回到了家，
她才会起身离开黑色的沙发，
迈着缓慢疲惫的脚步，
回到自己的房间休息。

就这样等候，不是一天，
也不是一年，她活着的时候，
常常在深夜里这样等我。

但直到现在我才明白，

母亲两个字还有更深的内涵，
多么不幸，与她已经隔世。

妈妈是一只鸟

毕摩说，在另一个空间里，
你的妈妈是一条游动的鱼。
她正在清凉的溪水中，
自由自在地追逐水草。

后来她变成了一只鸟，
有人看见她，去过祖居地，
还在吉勒布特的天空，
留下了恋恋不舍的身影。

从此，无论我在哪里，
只要看见那水中的鱼，
就会去想念我的妈妈。

我恳求这个世上的猎人，
再不要向鸟射出子弹，
因为我的妈妈是一只鸟。

妈妈的手

妈妈的手充满了万般柔情，
像四月的风吹过故乡的高地。
每当她抚摸我的脸庞和额头，
就如同清凉的甘露滋润着梦境。

只有她的手能高过万物的顶端，
甚至高过了任何一个君王的冠冕。
如果不是自然造化的组成部分，
那仁慈就不可能进入灵魂的深处。

纵然为传统和群山可以赴死，
每一次遭遇命运不测的箭弩，
还都是她的手改变了我的厄运。

我知道从今以后将会生死难卜，
因为再也无法握住妈妈的那双手，
多么悲伤，无常毁灭了我的护身符。

摇篮曲

世界上只有一首谣曲，

能陪伴着我们，从吱呀的摇篮，
直到群山怀抱的火葬地，
它是妈妈最珍贵的礼物。
那动人的旋律吹动着宇宙的星辰，
它让大地充满了安宁，天空如同宝石。
当它飞过城市、乡村和宽阔的原野，
所有的生命都会在飘渺的吟唱中熟睡。

这低吟能穿越生和死的疆域，
无论是在迎接婴儿新生命的诞生，
还是死神已经敲响了厚重的木门。

只有这首无法忘怀的谣曲，
在我们离开这个世界的时候，
还能听见它来自遥远的回声。

山泉

晚年的妈妈再没回到故乡，
她常常做梦似的告诉我们：
在那高高的生长荞麦的地方，
让人思念的是沁人心脾的泉水。

难怪她时常独自坐在窗前，
对一只鸟从何处飞来也感到好奇。
她会长时间地注视着一朵云，
直到它在那天际消失得无影无踪。

谁也无法改变我们生命的底色，
瓦板房里的火塘发出嘶嘶的声音，
还有院落里的雄鸡不断地高鸣。

其实人的需求非常地有限，
但有时却比登天还难，比如妈妈，
再也无法喝到那透心的山泉。

黑色的辫子

妈妈的头发已经灰白掉落，
好长时间不再用那把木梳，
往日那一头浓密的黑发，
从过去的照片中才能看到。

他们说她的长发乌黑清亮，
像深色的紫檀闪着幽暗的光。
无论她走到哪里，总有人会闻到，

她的发辫散发出的皂角的馨香。

谁能将那逝去的年轮追回？
让我再看一眼妈妈的黑发，
再闻一闻熟悉而遥远的香味。

但今天这一切都是痴人说梦，
只有那一把还留在世上的木梳，
用沉默埋葬了它所经历的辉煌。

母语

妈妈虽然没有用文字留下诗篇，
但她的话却如同语言中的盐。
少女时常常出现在族人集会的场所，
聆听过无数口若悬河的雄辩。

许多看似十分深奥的道理，
就好像人突然站在了大地的中心；
她会巧妙地用一句祖先的格言，
刹那间让人置身于一片光明。

是她让我知道了语言的玄妙，

明白了它的幽深和潜在的空白，
而我这一生都将与它们形影相随。

我承认，作为一个寻找词语的人，
是妈妈用木勺，从语言的大海里，
为我舀出过珊瑚、珍珠和玛瑙。

故乡的风

妈妈常常会想起故乡的风，
每当这样的时候，她就会将风描绘。
难怪在我们部族的史诗中，
那永恒的风被植入了词语的石头。

那风穿过了大地麦芒的针孔，
从那宇宙遥远的最深处传来。
只有风连接着生和死的门户，
谁也无法预知它的方向和未来。

妈妈说，如果你能听懂风的语言，
你就会知道，我们彝人的竖笛，
为什么会发出那样单纯神秘的声音。

那风还在吹，我是一个听风的人，
直到今天我才开始隐约地知道，
只有风吹过的时候，才能目睹不朽。

隐形的主人

这大地和天空是如此辽远，
巡游的太阳一头金黄的雄狮。
金币的另一面涌动着黑暗的海洋，
永恒的死亡跨上了猩红的马鞍。

黄昏在影子里对神灵窃窃私语，
黯然的云霓闪烁着紫色的光亮。
星穹下的群山肃穆静寂，
唯有火塘里的柴薪独自呢喃。

沿着暮气氤氲的那条小路，
妈妈的身影又若隐若现，
朦胧中是依稀垂下的眼睑。

她是这片土地上隐形的主人，
看不见的手还在用羊毛编织披毡，
腰间晃动的是来回如飞的梭子。

肉体与灵魂

你的肉身已经渐渐枯萎，
它在时间的切割中破碎。
很难察觉它细微的变化，
自然的威力谁也无法抗拒。

微末的事物消失于指间，
它的杀戮不用金属的武器。
肉体是你借用造物主的东西，
时辰到了还必须将它归还。

只有你的魂魄还完好如初，
没有什么能改变它的存在，
黑暗吞噬的表象只是幻影。

你心灵幽秘质朴，如一束火焰，
怀揣着安居于永恒的护身符，
唯有不灭的三魂[7]将被最后加冕。

2016年11月10日至12月5日

---

〔7〕三魂：彝人认为人死后有三魂，一魂留火葬处；一魂被供奉；一魂被送到祖先的最后归宿地。

谁也不能高过你的头颅

——献给屈原[1]

诗人！光明的祭司，黑暗的对手
没有生，也没有死，只有太阳的
光束，在时间反面的背后
把你的额头，染成河流之上
沉默的金黄。你的车轮旋转
如岩石上的风暴，你孑然而立
望着星河深处虚无的岸边
谁也不能高过你的头颅
你饮木兰上的露水，不会饥饿
每一次自我的放逐，词语的
骨笛，都会被火焰吹响
谁也不能高过你的头颅
因为在群山的顶部，你的吟游
如同光明的馈赠，这个世界
不会再有别人——不会！
能像真正的纯粹的诗人一样

---

〔1〕屈原（公元前340年—前278年）：是中国历史上第一位伟大的爱国诗人，中国浪漫主义文学的奠基人，被誉为“中华诗祖”。

像一个勇士，独自佩戴着蕙草
去完成一个人与众神的合唱
谁也不能高过你的头颅
只有太阳神，那公正无私的双手
能为你戴上自由的——冠冕！
诗人！只有你的命令能抵达
并阻止死神的来临，那高脚杯
盛满了菊花酿造的美酒
那是宴客的时辰，被唤醒的神灵
都会集合在你的身后，仰望
天河通向未知的渡口，你手中的
火把，再一次照亮了黑暗的穹顶
它的颜色超过了所有我们见过的白昼
只有你的云车不用铁的铠甲
和平养育的使者，人群中的另类
只有你能说出属于自己的语言
无论是在人的面前，还是在神的殿堂
你都紧握着真理和道德的权杖
谁也不能高过你的头颅
当你呼唤日月、星辰与河流
它们的应答之声，就会飘浮在
肃穆寂寥的天庭——并成为绝响！
我不知道，难道还有别的声音
能具有这般非凡的超自然的力量

说你没有生，也没有死
那是因为你永远行走在轮回的路上
就是你那所谓最后的消遁
也仅仅是一种被死亡命名的形式
诗人！如果有生的权利，当然
你也会有死的权利，但是——
唯有你，在死亡降临的瞬间
就已经用另一种方式完成了复活
由此，我们曾愚钝地寻找过你
其实你就是这片母语的土地
和神圣的天空，我们的每一次呼吸
都能感受到你的存在，你是
流动的空气，一只飞翔的鸟
没有名字的一株幽兰，树叶上的昆虫
一块谁也无法撼动的巨石，或许
就是一粒沙漏中落下的宇宙
谁也不能高过你的头颅
在一个种族集体的记忆里
作为诗人，是你第一个，没有并列
用自己的名字，开启了一条诗歌的航道
你不会死去，因为你的不朽和牢不可破
诗歌纵然已经伤痕累累，但直到今天——
它也从未放弃过对生命的歌唱！

2016 年 5 月 28 日凌晨

白色的鸽子
2013. 8. 5

致马雅可夫斯基[1]

艺术作品始终像它应该的那样，在后世得到复活，穿过拒绝接受它的若干时代的死亡地带。

——亚·勃洛克[2]

正如你预言的那样，凛冽的风吹着
你的铜像被竖立在街心的广场
人们来来去去，生和死每天都在发生
虽然已经有好长的时间，那些——
曾经狂热地爱过你的人，他们的子孙
却在灯红酒绿中渐渐地把你放在了
积满尘土的脑后，纵然在那雕塑的
阴影里，再看不到痨病鬼咳出的痰
也未见——娼妓在和年轻的流氓厮混
但是，在那高耸入云的电子广告牌下
毒品贩子们和阴险的股市操纵者
却把人类绝望的面孔反射在墙面
从低处看上去，你那青铜岩石的脸部
每一块肌肉的块面都保持着自信

〔1〕马雅可夫斯基（1893—1930）：20世纪伟大的俄罗斯诗人，1930年4月14日自杀，身后留下13卷诗文。

〔2〕亚·勃洛克（1880—1921）：俄罗斯象征主义流派的领军人物。

坚定深邃的目光仍然朝着自己的前方
总有人会在你的身边驻足——
那些对明天充满着不安而迷惘的悲观者
那些在生活中还渴望找到希望的人
他们都试图在你脸上，找到他们的答案
这也许就是你的价值，也是你必须要
活下去的理由，虽然他们不可能
在你的额头上看到你所遭受过的屈辱
以及你为了自己的信念所忍受的打击
因为你始终相信——你会有复活的那一天
那一个属于你的光荣的时刻——
必将在未来新世纪的一天轰然来临！

你应该回来了，可以用任何一种
方式回来，因为我们早就认识你
你用不着再穿上——那件黄色的
人们熟悉的短衬衫。你就是你！
你可以从天空回来，云的裤子
不是每一个未来主义者的标志，我知道
你不是格瓦拉[3]，更不是桑迪诺[4]

---

〔3〕格瓦拉（1928—1967）：生于阿根廷，国际政治家及古巴革命的核心人物。

〔4〕桑迪诺（1893—1934）：尼加拉瓜民族解放阵线领袖，游击战专家。

那些独裁者和银行家最容易遗忘你
因为你是一个彻头彻尾的诗人
你回来——不是革命的舞蹈者的倒立
而是被命运再次垂青的马蹄铁
你可以从城市的任何一个角落
影子一般回来，因为你嘴唇的石斧
划过光亮的街石，每一扇窗户
都会发出久违了的震耳欲聋的声响

你是词语粗野的第一个匈奴
只有你能吹响断裂的脊柱横笛
谁说在一个战争与革命的时代
除了算命者，就不会有真的预言大师
它不是轮盘赌，唯有你尖利的法器
可刺穿光明与黑暗的棋盘，并能在
琴弦的星座之上，看见羊骨的谜底
一双琥珀的大手，伸进风暴的杯底
隐遁的粗舌，抖紧了磁石的马勒
那是婴儿临盆的喊叫，是上帝在把
门铃按响——开启了命运的旅程！

也许你就是刚刚到来的那一个使徒
伟大的祭司——你独自戴着荆冠
你预言的 1916 就比 1917 相差了一年

这个世界的巨石发出了滚动前的吼声
那些无知者曾讥笑过你的举动
甚至还打算把你钉上谎言的十字架
他们哪里知道——是你站在高塔上
看见了就要来临的新世纪的火焰
直到今天——也不是所有的人
都知道你宝贵的价值，那些芸芸众生
都认为你已经死亡，只属于过去
但是——这当然不是事实，因为
总有人会得出与大多数不同的结论
那个或许能与你比肩的女人——
茨维塔耶娃就曾说过：“力量——在那边！”
毫无疑问，这是一个旷世的天才
对另一个同类最无私的肯定
但是为了这一句话，她付出了代价
她曾把你俩比喻成快腿的人
在你死后，她还公开朗读你的诗作
并为你写下了《高于十字架和烟囱……》
1932 年那篇有关你诗歌精妙的文字
赞颂了你在俄罗斯诗歌史上的地位
如今你们两个人都生活在自己
命名的第三个国度，那里既不是天堂
也不是地狱，而作为人在生前
都是用相近的方式，杀死了——自己！

也只有你们，被自发的力量主宰
才能像自己得出的结论那样：
像人一样活着，像诗人一样死去！

不知道是在昨天，还是在比昨天
更糟糕的前一天，你未来的喉咙
被时间的当铺抵押，尽管放出的是高利贷
但你预言性的诗句还是比鲜血更红
这是光阴的深渊，这个跨度令人胆寒
不是所有的精神和思想都能飞越
为你喝彩，没有牙齿的剃了光头的巨人
你已经再一次翻过了时间的尸体
又一次站在了属于你的灯塔的高处
如果不是无知的偏见和卑劣的质疑
没有人真的敢去否认你的宏大和广阔
你就是语言世界的——又一个酋长

是你在语言的铁毡上挂满金属的宝石
呼啸的阶梯，词根的电流闪动光芒
是你又一次创造了前所未有的形式
掀开了棺木上的石板，让橡木的脚飞翔
因为你，俄罗斯古老纯洁的语言
才会让大地因为感动和悲伤而战栗
那是词语的子弹——它钻石般的颅骨

被你在致命的庆典时施以魔法
因为你，形式在某种唯一的时刻
才能取得没有悬念的最后的引力
当然，更是因为你——诗歌从此
不仅仅只代表一个人，它要为——
更多的人祈求同情、怜悯和保护
无产者的声音和母亲悄声的哭泣
才有可能不会被异化的浪潮淹没
我知道，你也并非是一个完人偶像
道德上的缺陷，从每个凡人身上都能找到
那些有关于你的流言蜚语和无端中伤
哪怕是诅咒——也无法去改变
今天的造访者对你的热爱和尊敬
原谅这个世纪！我的马雅科夫斯基
你已经被他们——形形色色追逐名利的
那一群，用各种理由遮蔽得太久
就在昨天，他们看见你的光芒势不可挡
他们还试图将一个完整的你分割
——“这一块是未来主义”
——“那一块是社会主义”
他们一直想证明，你创造过奇迹
但在最后的时光，虽然你还活着
你却已经在十年前的那个下午死去
他们无数次地拿出你的遗书——

喋喋不休，讥讽一个死者的交代
他们并不是不知道，你的小舟
已经在大海的深处被撞得粉碎
的确正如你所言——在这种生活里
死去并不困难，但是把生活弄好
却要困难得多！然而天才总是不幸的
在他们生活的周围总会有垃圾和苍蝇
这些鼠目寸光之徒，只能近视地看见
你高筒皮靴上的污泥、斑点和油垢

马雅可夫斯基，黎明时把红色
抹上天幕的油漆工，你天梯的骨肋
伸展内核的几何，数字野兽的支架
打破生物学方案闪电脚后的幻变
面颊通过相反吞噬渴望的现代板凳
没有返回的刀鞘，被加减的迟速
三倍吹响十月没有局部完全的整体
属于立体飓风的帆，只有腹部的镰刀
被粗糙定型的生物才有孕育的资格
马雅可夫斯基，没有一支铠甲的武装
能像你一样，在语言的边界，发动了
一场比核能量更有威力的进攻
难怪有人说，在那个属于你的诗的国度
你的目光也能把冰冷的石头点燃

他们担心你还会把传统从轮船上扔下
其实你对传统的捍卫，要比那些纯粹的
形式主义者们更要坚定百倍
你孩童般的狡黠帮助你战胜了争吵
对传统的冒犯——你这个家伙，从来
就是用以吸引大众目光的一种策略
马雅可夫斯基，不用其他人再给你评判
你就是那个年代——诗歌大厅里
穿着粗呢大衣的独一无二的中心
不会有人忘记——革命和先锋的结合
是近一百年所有艺术的另一个特征
它所产生的影响是巨大的，就是在
反越战的时候，艾伦·金斯伯格[5]们
在纽约的街头嚎叫，但在口袋里装着的
却是你炙手可热的滚烫的诗集

你的诗，绝不是纺毛的喑哑的羊羔
是涌动在街头奔跑的双刃，坚硬的结构
会让人民恒久的沉默——响彻宇宙
是无家可归者的房间，饥饿打开的门
是大海咬住的空白，天空牛皮的鼓面
你没有为我们布道，每一次巡回朗诵

〔5〕艾伦·金斯伯格（1926—1997）：美国著名诗人，被认为是“垮掉的一代”的领军人物。

神授的语言染红手指，喷射出来
阶梯的节奏总是在更高的地方结束
无论是你的低语，还是雷霆般的轰鸣
你的声音都是这个世界上——
为数不多的仅次于神的声音，当然你不是神
作为一个彻底的唯物主义者，你的
一生都在与不同的神进行彻底的抗争
你超自然的朗诵，打动过无数的心灵
与你同时代的听众，对此有过精彩的描述
马雅可夫斯基，我们今天仍然需要你
并不是需要再去重复一段生活和历史
谁也无法否认，那些逝去的日子里
也有杀戮、流亡、迫害和权力的滥用
惊心动魄的改变，谎言被铸造成真理
不是别的动物，而是文明的——人
亲自制造了一幕幕令人发指的悲剧
马雅可夫斯基，尽管这样，人类从未
能打破生和死的规律，该死亡的——
从未停止过死亡，该诞生的每天仍然在诞生
死去的有好人，当然也有恶棍
刚出生的未必都是善良之辈，但是
未来会成为流氓的一定是少数
这个世界最终只能由诚实和善良来统治
马雅可夫斯基，并不是一个偶然的发现

20 世纪和 21 世纪两个世纪的开端
都有过智者发出这样的喟叹——
道德的沦丧，到了丧心病狂的地步
精神的堕落，更让清醒的人们不安
那些卑微的个体生命——只能
匍匐在通往灵魂被救赎的一条条路上
马雅可夫斯基，并非每一个人都是怀疑论者
在你的宣言中，从不把技术逻辑的进步
——用来衡量人已经达到的高度
你以为第三次精神革命的到来——
已经成为了不可阻挡的又一次必然
是的，除了对人的全部的热爱和奉献
这个世界的发展和进步难道还有别的意义？

马雅可夫斯基，礁石撞击的大海
语言中比重最有分量的超级金属
浮现在词语波浪上的一艘巨轮
穿越城市庞大胸腔的蒸汽机车
被堆积在旷野上的文字的巨石阵
撕破油布和马鞍的疯狂的呓语
难以诉诸孤独野牛鲜红的壮硕

马雅可夫斯基，这哪里是你的全部
你的追随者也曾希望，能在你的诗歌里

尝到爱人舌尖上——滴下的蜜
其实，他们只要去读一读你写给
勃里克[6]的那些柔美的信和野性的诗
就会知道哪怕你写情诗，你也一定是
那个领域里不可多得的高手，否则
你也不会给雅可夫列娃[7]留下这样的诗句：
“她爱？她不爱？我只能扼腕
我不顾这碎片去极力猜测——
五月却迎来了送葬的甘菊”！
但是，不！这不是你，更不是你的命运
早已经为你做出了义无反顾的决定
你的诗将永远不是小猫发出的咿呜之声
你从一开始注定就是词语王国里的大力士
当然，你不是唯一的独角兽，与你为伍的
还有巴波罗·聂鲁达[8]、巴列霍[9]、阿蒂拉[10]、

---

〔6〕勃里克（1891—1978）：全名丽莉娅·勃里克，是马雅可夫斯基的同居者、情人。

〔7〕雅可夫列娃（1906—1991）：全名塔吉雅娜·雅可夫列娃，旅居法国的俄裔侨民，马雅可夫斯基曾热烈地追求她。

〔8〕巴波罗·聂鲁达（1904—1973）：生于智利，被誉为20世纪最伟大的拉丁美洲诗人。

〔9〕巴列霍（1892—1938）：20世纪拉丁美洲最有影响的先锋派诗人。

〔10〕阿蒂拉（1905—1937）：20世纪匈牙利最伟大的诗人之一。

奈兹瓦尔[11]、希克梅特[12]、布罗涅夫斯基[13]

不能被遗忘的扬尼斯·里索斯[14]、帕索里尼[15]

他们都是你忠诚的同志和亲如手足的兄弟

马雅可夫斯基，这些伟大的心灵尊重你

是因为你——在劳苦大众集会的广场上

掏出过自己红色的心——展示给不幸的人们

你让真理的手臂返回，并去握紧劳动者的手

因此，诗人路易·阿拉贡[16]深情地写道：

“革命浪尖上的诗人，是他教会了我

如何面对广大的群众，面对新世界的建设者

这个以诗为武器的人改变了我的一生”！

不是唱过赞歌的人，都充满了真诚

然而，对你的真诚，我们从未有过怀疑

与那些投机者相比较，你的彷徨和犹豫

---

〔11〕奈兹瓦尔（1900—1958）：全名维杰斯拉夫·奈兹瓦尔，捷克最具代表性的超现实主义诗人。

〔12〕希克梅特（1902—1963）：全名纳齐姆·希克梅特，20世纪土耳其现代诗歌的奠基者。

〔13〕布罗涅夫斯基（1897—1962）：20世纪波兰著名的革命诗人。

〔14〕扬尼斯·里索斯（1909—1990）：20世纪希腊伟大的革命诗人，希腊现代诗歌的创始人之一。

〔15〕帕索里尼（1922—1975）：20世纪意大利著名诗人、导演，曾参加意大利共产党。

〔16〕路易·阿拉贡（1897—1982）：20世纪法国著名诗人，共产主义者，达达主义和超现实主义的代表性人物之一。

——也要比他们更要可爱和纯粹！
那些没有通过心脏和肺叶的所谓纯诗
还在评论家的书中被误会拔高，他们披着
乐师的外袍，正以不朽者的面目穿过厅堂
他们没有竖琴，没有动人的嘴唇
只想通过语言的游戏而获得廉价的荣耀
诚然，对一个诗人而言，马雅可夫斯基
不是你所有的文字都能成为经典
你也有过教条、无味，甚至太直接的表达
但是，毫无疑问——可以肯定！
你仍然是那个时代最伟大的诗的公民
而那些用文字沽名钓誉者，他们最多
只能算是——小圈子里自大的首领！
当然，他们更不会是诗歌疆域里的雄狮
如果非要给他们命名——
他们顶多是贵妇怀中慵懒的宠物
否则，在你死的时候，你长脸的兄长
帕斯捷尔纳克[17]，就不会为你写出动人的诗篇
你的突入，比所有的事物都要夺目
在你活着的时候，谁也无法快过你的速度
你最终跨进传说只用了一步，以死亡的方式！

你从不服从于油腻溢满思想的君王

〔17〕帕斯捷尔纳克（1890—1960），20世纪伟大的俄苏诗人、作家。

从一开始，你的愤世嫉俗，不可一世
就让那些无知者认为——你仅仅是一个
不足挂齿的没有修养的狂妄之徒
而那些因为你的革命和先锋的姿态
来对你的诗句和人生做狭隘判断的人
他们在乌烟瘴气的沙龙里——
一直在传播着诋毁你的谗言和轶事
用这样的方式，他们已经不是一次两次
埋葬了诗的头盖骨，这是惯用的伎俩
他们——就曾经把你亲密的兄弟和对手
叶赛宁〔18〕说成是一个醉汉和好色之徒
实际上你知道——他是俄罗斯田园
最后一位用眼泪和心灵悲戚的歌者
叶赛宁的死，就如同你的死一样
从未让任何个人和集团在道义上负责
我不知道传统的东正教的俄罗斯
是什么模样？但从他忧郁的诗句里
我可以听到——吟诵死亡的斯拉夫民歌
在断裂的树皮上流下松脂一般的眼泪

马雅可夫斯基，因为你相信人的力量
才从未在上帝和神的面前下跪

〔18〕叶赛宁（1895—1925）：20世纪著名的俄苏诗人，田园派诗歌的代表人物。

你编织的语言，装饰彗星绽放的服饰
那永不衰竭的喉管，抽搐的铆钉
你的诗才是这个世界一干二净的盐
如果有一种接骨木，能让灵魂出窍
那是刻骨铭心的愤怒的十二之后
你是胜利者王冠上剧毒反向的块结
因为只有这样——或者相反
才会让你刀削一般高傲的脸庞
在曙光之中被染成太阳古老的黄色
马雅可夫斯基——光明的歌者和黑暗的
宿敌，宣布你已经死亡的人
其实早已全部死亡，他们——
连一些残骸也没有真的留下
当你站在最高的地方——背靠虚脱的云霓
你将目睹人类的列车，如何
驶过惊慌失措，拥挤不堪的城市
那里钢铁发锈的声音，把婴儿的
啼哭压扁成家具，摩天大楼的影子
刺伤了失去家园的肮脏的难民
你能看见——古老的文明在喘息着
这个地球上大部分的土地——
早已被财富的垄断者和奸商们污染
战争还在继续，在逃亡中死去的生命
并不比两次大战的亡灵更少

马雅可夫斯基，纵然你能看见飞行器
缩短了火星与人类的距离
可是近在咫尺的灵性，却被物化的
电流击穿，精神沦落为破损的钱币
被割裂的自然，只剩下失血的身体
那些在大地上伫立的冥想和传统
没有最后的归宿——只有贪婪的欲望
在机器的齿轮中，逆向的呐喊声嘶力竭
异化的焦虑迷失于物质的逻辑
这无论是在东方还是西方——
都没有逃脱价值跌落可怕的结局
因为，现实所发生的一切已经证明
那些启蒙者承诺的文本和宣言
如今都变成了舞台上的道具
用伸张正义以及人道的名义进行的屠杀
——从来就没有过半分钟的间歇
他们绑架舆论，妖魔化别人的存在
让强权和武力披上道德的外衣
一批批离乡背井流离失所的游子
只有故土的星星才能在梦中浮现
把所谓文明的制度加害给邻居
这要比哥伦布发现新大陆更要无耻
这个世界可以让航天飞机安全返航
但却很难找到一个评判公理的地方

所谓国际法就是一张没有内容的纸
他们明明看见恐怖主义肆意蔓延
却因为自己的利益持完全不同的标准
他们打破了一千个部落构成的国家
他们想用自己的方式代替别人的方式
他们妄图用一种颜色覆盖所有的颜色
他们让弱势者的文化没有立锥之地
从炎热的非洲到最边远的拉丁美洲
资本打赢了又一场没有硝烟的战争
他们已经大功告成——一种隐形的权力
甚至控制了这个星球不为人知的角落
他们只允许把整齐划一的产品——
说成是所有的种族要活下去的唯一
他们不理解一个手工匠人为何哭泣手
他们嘲笑用细竹制成的安第斯山排箫
只因为能够吹奏的人已经寥寥无几
当然，他们无法回答，那悲伤的声音
为什么可以穿越群山和幽深的峡谷
他们摧毁被认定为野蛮人的习惯法
当那些年轻的生命寻求酒精的麻痹
无论是男人还是女人都一样
他们却对旁人说："印第安人就喜欢酒"！
其实，任何一场具有颠覆性的巨变
总有无数的个体生命付出巨大的牺牲

没有别的原因，只有良心的瞭望镜——
才可能在现代化摩天楼的顶部看见
——贫困是一切不幸和犯罪的根源
在 21 世纪的今天，不用我们举证
那些失去传统、历史以及生活方式的人们
是艾滋病与毒品共同构成的双重的灾难
毫无疑问，这绝不仅仅是个体的不幸
而是整个人类面临的生死存亡的危机
任何对垂危中的生命熟视无睹——
最后的审判都不会被轻易地饶恕

马雅可夫斯基，毫无疑问——
你正穿越一个对你而言陌生的世纪
在这里我要告诉你——我的兄长
你的诗句中其实已经预言过它的凶吉
在通往地狱和天堂的交叉路口上
无神论者、教徒、成千上万肉体的躯壳
他们的心中都有着自己的造物主
当领袖、神父、阿訇、牧师、转世者
以及金钱和国家上层建筑的主导者
把人类编成军队的方阵出发
尽管这样，这个世界为给太阳加温的炉灶
还是在罪行被宽恕前发生了裂变
马雅可夫斯基，时间和生活已经证实

你不朽的诗歌和精神，将凌空而至
飞过死亡的峡谷——一座座无名的高峰
那些无病呻吟的诗人，也将会
在你沉重粗犷的诗句面前羞耻汗颜
你诗歌的星星将布满天幕
那铁皮和银质的诗行会涌入宇宙的字典
你语言的烈士永不会陨落，死而复生
那属于你的未来的纪念碑——
它的构成，不是能被磨损的青铜
更不会是将在腐蚀中风化的大理石
你的纪念碑高大巍峨——谁也无法将它毁灭
因为它的钢筋，将植根于人类精神的底座
马雅可夫斯基，你的语言和诗歌
是大地和海洋所能告知的野蛮的胜利
每一次震动，它的激流都会盖过词语的顶端
或许，这就是你的选择，对于诗的技艺
我知道——从生到死你都在实践并怀着敬意
否则，你就不会去提醒那些匠人
因为他们只注重诗歌的技术和形式
那没有血肉、疼痛、灵性的语言游戏
已经让我们的诗开始在战斗中节节败退
马雅可夫斯基，今天不是在占卜的声音中
你才被唤醒，你在此前躺下已经很久

那些善变的政客、伪善的君子、油滑的舌头
他们早就扬言，你的诗歌已进入坟墓
再不会在今天的现实中成为语言的喜马拉雅
但他们哪里知道，你已经越过了忘川
如同燃烧的火焰——已经到了门口
这虽然不是一场你为自己安排的庆典
但你已经到来的消息却被传遍
马雅可夫斯基，这是你的复活——
又一次的诞生，你战胜了沉重的死亡
这不是乌托邦的想象，这就是现实
作为诗人——你的厄运已经结束
那响彻一切世纪的火车，将鸣响汽笛
而你将再一次与我们一道——
用心灵用嘴唇用骨架构筑新的殿堂
成为人的臣仆和思想，而只有冲破了
无尽岁月的诗歌才能用黑夜星星的
贡品——守护肃穆无边的宇宙
并为无数的灵魂在头顶上洒下光辉……

马雅可夫斯基，新的诺亚——
正在曙光照耀的群山之巅，等待
你的方舟降临在陆地和海洋的尽头
诗没有死去，它的呼吸比铅块还要沉重

虽然它不是世界的教士，无法赦免
全部的罪恶，但请相信它却始终
会站在人类道德法庭的最高处，一步
也不会离去，它发出的经久不息的声音
将穿越所有的世纪——并成为见证！

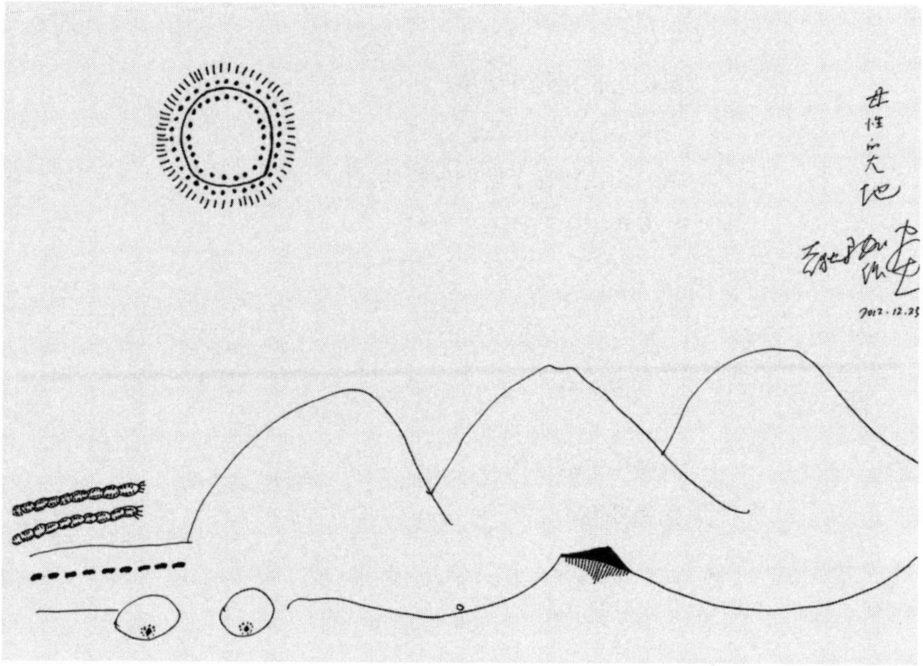
女性的天地
2012.12.23

不朽者

序诗：

黑夜里我是北斗七星，
白天又回到了部族的土地。
幸运让我抓住了燃烧的松明，
你看我把生和死都已照亮。

一

我握住了语言的盐，
犹如触电。

二

群山的合唱不是一切。
一把竹质的口弦，
在黑暗中低吟。

三

我没有抓住传统，
在我的身后。
我的身臂不够长，有一截是影子。

四

我无法擦掉，
牛皮碗中的一点污迹。
难怪有人从空中泼下大雨，
在把我冲洗。

五

掛在墙上的宝刀，
突然断裂了。
毕摩告诉我，他能占卜凶吉，
却不能预言无常。

六

我在口中念诵 2 的时候，
2 并没有变成 3；
但我念诵 3 的时候，
却出现了万物的幻象。

七

昨晚的篝火烧得很旺，
今天却是一堆灰烬，
如果一阵狂风吹过，
不会再有任何墨迹。

八

捡到玛瑙的是一个小孩，
在他放羊的途中。
他不知道自己是一个幸运者，
只梦见得到了一块荞饼。

九

我不是唯一的证人。
但我能听见三星堆[1]，
在面具的背后，有人发出
嗞嗞的声音，在叫我的名字。

十

我的身躯，
是火焰最后的一根柴，
如果点燃，你会看见，
它比别的柴火都要亮。

十一

失重的石头。
大雁的影子。
会浮现在歌谣里，像一滴泪
堵住喉头。

---

〔1〕三星堆：中国西部一著名的文化遗址。

十二

死亡和分娩，
对诗人都是一个奇迹，
因为语言，他被放进了
不朽者的谱系。

十三

火焰灼烫我的时候，
无意识的一声喊叫，
竟然如此陌生。
我不知道，这是我的声音。

十四

那块石头，
我没有从地里捡走。
原谅我，无法确定明日，
我只拥有今天。

十五

我在竹笛和羊角之间。
是神授的语言，
让我咬住了大海的罗盘。

十六

我爬在神的背上，
本想告诉它一个谜。
但是我睡着了，
像一条晨曦中的鲑鱼。

十七

彝人的火塘。
世界的中心，一个巨大的圆。

十八

吉狄普夷[2]的一生，
都未离开过自己的村庄。
但他的每句话里，
却在讲述这个世界别的地方。

十九

鹰飞到了一个极限，
身体在最后一个瞬间毁灭。
它没有让我们看见，
一次无穷和虚无完整的过程。

二十

在天地之间，
我是一个圆点，当时间陷落，
我看见天空上
浮现出空无的胎记。

---

〔2〕吉狄普夷：彝族部族中一个人的名字。

二十一

是谁占有了他的口腔，
让他的舌头唱得发麻。
这个歌者已经传了五十七代，
不知下一次会选择哪一个躯壳？

二十二

谁让群山在那里齐唱，
难道是英雄支呷阿鲁[3]？
不朽者横陈大地之上，
让我们把返程的缰绳攥紧。

二十三

银匠尔古[4]敲打着银子，
只只蝴蝶在别的体内苏醒。
虽然他早已辞世不在人间，
但他的敲击还在叮当作响。

---

〔3〕支呷阿鲁：彝族传说中的创世英雄。
〔4〕尔古：彝族历史上一位银匠的名字。

二十四

那只名字叫沙洛[5]的狗，
早已死亡，现在只是一个影子。
它被时间的锯齿，
割出了声音和血。

二十五

我们曾把人分成若干的等级。
这是历史的错误。但你能不能
把本不属于我的两件东西，
现在就拿走。

二十六

我想念苦荞的时候，
嘴里却有毒品的滋味。
我拒绝毒品的时候，
眼前却有苦荞的幻影。

---

〔5〕沙洛：彝族历史上一只狗的名字。

二十七

掘金者在那高原的深处，
挖出了一个巨大的矿坑。
这是罪证。但伤口缄默无语。

二十八

他们骑马巡视自己的领地，
就是在马背上手端一杯酒
也不会洒落下半滴。
而我们已经没有这种本事。

二十九

没有人敢耻笑我的祖辈。
因为从生到死，
他们的头颅和目光都在群山之上。

三十

拥有谚语和格言，
就是吞下了太阳和火焰。
德古[6]坐在火塘的上方，
他的语言让世界进入了透明。

三十一

不是每一本遗忘在黑暗中的书，
都有一个词被光亮惊醒。
死亡的胜利，又擦肩而过。

三十二

吹拂的风在黑暗之上，
黑暗的浮板飘荡在风中，
只有光，唯一的存在，
能回到最初的时日。

---

〔6〕德古：彝族中智者和德高望重的人。

三十三

寂静的群山，
只有天堂的反光，能让我们看见
雪的前世和今生。

三十四

只有光能引领我们，
跨越深渊，长出翅膀，
成为神的使者。
据说光只给每个人一次机会。

三十五

我没有抓住时间的缰绳，
但我却幸运地骑上了光的马背。
额头是太阳的箭镞，命令我：
杀死了死亡！

三十六

永恒的存在，除了依附于
黑暗，就只能选择光。
但我知道，只有光能从穹顶的高处，
打开一扇未来的窗户。

三十七

从群山之巅出发，
难道无限可以一分为二。
不是咒语所能阻止，
谁能分开那无缝的一。

三十八

星座并非独自滑动，
寂静的银河神秘异常。
风吹动着永恒的黑暗，
紧闭的侧门也被风打开。

三十九

巨石的上面：
星群的动与静，打开了手掌的纹路，
等待指令，返回最初的子宫。

四十

在大地上插上一根神枝，
遥远的星空就有一颗星熄灭。
那是谁的手？在插神枝。

四十一

母鸡一直啼鸣
还有野鸟停在了屋上。
明天的旅行是否还要启程？
我只听从公鸡的鸣叫。

四十二

不能在室内备鞍，
那是一种禁忌。
我的骏马跃入了云层，
蹄子踩在了羽毛上。

四十三

阿什拉则不是一个哑巴，
只是生性沉默。
是他独自在林中消遁，
创造了词语的乳房和钥匙。

四十四

据说我们放羊的地方，
牛羊看见的景色还是那样。
但见不到你的身影，
从此这里只留下荒凉。

四十五

谁碰落了草茎上那颗露水，
它在地上砸出了一个巨大的深坑。

四十六

我愿意为那群山而去赴死，
数千年来并非只有我一人。

四十七

羊子被卖到远方，
魂魄在今夜还会回到栏圈。
我仍出去的那块石头，
再没有一点回声。

四十八

黄蜂在山岩上歌唱，
不能辜负了金色的阳光。

明年同样美好的时辰，
只有雏鹰在这里筑巢。

四十九

那匹独角马日行千里，
但今天它却呆在马厩里。
只有它的四蹄还在奔跑，
这是另一种游戏。

五十

我是世界的一个榫头，
没有我，宇宙的脊椎会发出
吱呀的声响。

五十一

金黄的四只老虎，
让地球在脚下转动。
我在一条大河的旁边成眠，

潜入了老虎的一根胡须。

五十二

因为你，时间让河流
获得了静止和不朽。
它的名字叫底坡夷莫[7]，
没有波澜，高贵而深沉。

五十三

我们是雪族十二子，
六种植物和六种动物。
诸神见证过我们。但唯有人
杀死过我们其中的兄弟。

五十四

山中细细的竖笛，

---

〔7〕底坡夷莫：大凉山腹地一条著名的河流，常被用来形容女性。

彝人隐秘的脊柱。
吹响生命，也吹响死亡。

五十五

阿什拉则和吉狄马加，
有时候是同一个人。
他们的声音，来自于群山的合唱。

五十六

欢乐是死亡的另一种胜利，
没有仪式，就没法证明。

五十七

我是吉狄·略且·马加拉格，
切开了血管。
请你先向我开枪，然后我再。
但愿你能打中我的心脏。

五十八

这里有血亲复仇的传统，
当群山的影子覆盖。
为父辈们欠下的命债哭号，
我的诗只颂扬自由和爱情。

五十九

不要依赖手中的缰绳，
矮种马是你忠实的伙伴。
是的，凭借虚无的存在，
它最终也能抵达火的土地。

六十

款待客人是我们的美德，
锅庄里的柴火照亮里屋顶。
快传递今天皮碗里的美酒，
明天的火焰留下的仍然是灰烬。

六十一

沙马乌芝[8]是一个最好的
琴手，她的一生就是为了弹奏。
据说她死去的那天，
琴弦独自断在风中。

六十二

院子里的那只小猫，
不知道生命的荒诞。
它在玩弄一只老鼠，
让现实具有了意义。

六十三

祭司在人鬼之间，
搭起了白色的梯子。
举着更高的烟火，
传递着隔界的消息。

---

〔8〕沙马乌芝：彝族民间一位著名的月琴手。

六十四

我梦见妈妈正用马勺，
从金黄的河流里舀出蜂蜜。
灿烂的阳光和风，
吹乱了妈妈的头发。

六十五

饮过鹰爪杯的嘴唇，
已经无法算清。
我们是世界的匆匆过客，
今天它又有了新的主人。

六十六

我试图用手中的网，
去网住沉重的时间。
但最终被我网住的
却是真实的虚无。

六十七

你的意识不进入这片语言的疆域，
你的快马就不可能抵达词的中心。

六十八

我要去没有城墙的城市。
并非我们双腿和心灵缺少自由。

六十九

不是你发现了我。
我一直在这里。

七十

传说是狗的尾巴捎来了一粒谷种，
否则不会有山下那成片的梯田。
据说这次你带来的是偶然，
而不是争论不休的巧合。

七十一

我没有被钉在想象的黑板上，
不是我侥幸逃脱。
而是阿什拉则问我的时候，
我能如实地回答。

七十二

妇人背水木桶里游着小鱼，
屋后养鸡鸡重十二斤。
曾是炊烟不断的祖居地，
但如今它只存活于幽暗的词语。

七十三

我虽喜欢黑红黄三种颜色，
很多时候，白色也是我的最爱。
但还是黑色，
更接近我的灵魂。

七十四

一条金色的河流，穿过了未来，
平静，从容，舒缓，没有声音。
它覆盖梦的时候，也覆盖了泪水。

七十五

我要回去，但我回不去
正因为回不去，才要回去。

七十六

我要到撒拉底坡[9]去，
在那里耍七天七夜。
在这七天七夜，我爱所有的人，
但只有一人是我的唯一。

七十七

彝谚说，粮食中的苦荞最大，

〔9〕撒拉底坡：彝语，水草丰盛的牧羊之地。

昨天我还吃过苦荞。
但我的妈妈已经衰老，
还有谁见过她少女时的模样？

七十八

我不会在这光明和黑暗的时代，
停止对太阳的歌唱，
因为我的诗都受孕于光。

七十九

时间在刀尖上舞蹈，
只有光能刺向未来。

八十

格言在酒樽中复活，
每一句都有火焰的滋味。

八十一

我钻进世界的缝隙，
只有光能让我看见死去的事物。

八十二

失去了属于我的马鞍，
我只能用灵魂的翅膀飞翔。

八十三

我的母语在黑暗里哭泣，
它的翅膀穿越了黎明的针孔。

八十四

我在火焰和冰雪之间徘徊，
这个瞬间无异于已经死亡。

八十五

光明和黑暗统治世界，
时光的交替不可更改。
只有死亡的长风传来密令，
它们是一对孪生的姐妹。

八十六

那是消失的英雄时代，
诸神和勇士都在巡视群山。
沉静的天空寂寥深远，
只有尊严战胜了死亡和时间。

八十七

我不会在别处向这个世界诀别，
只能在群山的怀抱，时间在黎明。
当火焰覆盖我的身体，
我会让一只鸟告诉你们。

八十八

我不会给这个世界留下咒语，
因为人类间的杀戮还没有停止。
我只能把头俯向尘土，
向你耳语：忘记仇恨。

八十九

当整个人类绝望的时候，
我们不能绝望。
因为我们是人类。

九十

我的声音背后还有声音。
那是成千上万的人的声音。
是他们合成了一个人的声音。
我的声音。

九十一

直到有一天这个世界
认同了我的价值，
黑暗才会穿过伤口，
让自己也成为光明的一个部分。

九十二

真理坐在不远的地方
望着我们。阿格索祖[10]也在那里。
当我们接近它的时候，
谬误也坐在了旁边。

九十三

我从某一个时日醒来，
看见九黄星值守着天宇。
不是八卦都能预言人的吉凶，
诗歌只赞颂日月永恒的运行。

---

〔10〕阿格索祖：彝族历史上著名的祭司和智者。

九十四

我不知道布鲁洛则山[11]在哪里？
如同不知道天空中的风变幻的方向。
在漆黑的房里，透过火塘的微光，
我似乎第一次看到了生命真实的存在。

九十五

从一开始就不是为自己而活着，
所以我敢将一把虚拟的匕首，
事先插入了心中。

九十六

我的心灵布满了伤痕，
却用微笑面对这个世界。
如果真的能穿过时间的缝隙，
或许还能找到幸运的钥匙。

---

〔11〕布鲁洛则山：彝区一座著名的山脉，据说在云南境内。

九十七

在那片树林里有一只鸽子，
它一直想飞过那紫色的山尖。
唯一担心的是鹞鹰的突然出现，
生与死在空中留下了一个诺大的空白。

九十八

降生时妈妈曾用净水为我洗浴，
诀别人世还有谁能为我洗去污垢。
这个美好而肮脏的世界，
像一滴水转瞬即逝。

九十九

虎豹走过山林，花纹
在身后熠熠生辉。
我拒绝了一个词的宴请，
但却接受了一万句克哲[12]的约会。

---

〔12〕克哲：彝族一种古老的诗歌对答形式。

一百

拥着马鞍而眠，
词语的马蹄铁发出清脆的响声。
但屋外的原野却一片空寂。

一百零一

头上的穹顶三百六十度，
吹动着永恒的清气和浊气。
生的门和死的门，都由它们掌管。
别人只能旁观。

一百零二

从瓦板房的缝隙，
能看见灿烂浩瀚的星空。
不知星群的上面是屋顶还是晨曦。
这是一个难题，也是另一个或许。

一百零三

世界上的万物有生有灭，
始终打开的是生和死的门户。
我与别人一样，死后留下三魂，
但我有一魂会世代吟唱诗歌。

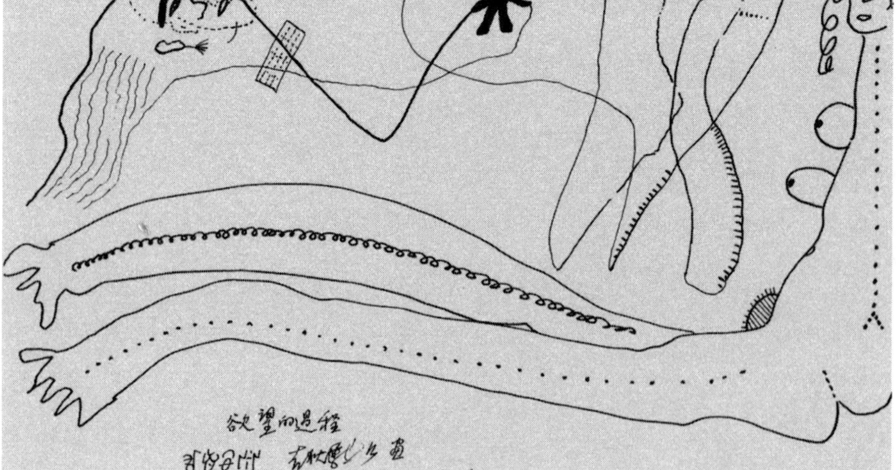
欲望的過程
2013.6.26

附录一：主要作品目录

一、国内部分

《初恋的歌》 1985 四川民族出版社

《一个彝人的梦想》 1990 民族出版社

《罗马的太阳》 1991 四川民族出版社

《吉狄马加诗选译》（彝文版） 1992 四川民族出版社

《吉狄马加诗选》 1992 四川文艺出版社

《遗忘的词》 1998 贵州人民出版社

《吉狄马加短诗选》 2003 香港银河出版社

《吉狄马加的诗》 2004 四川文艺出版社

《时间》 2006 云南人民出版社

《吉狄马加的诗与文》 2007 人民文学出版社

《鹰翅与太阳》 2009 作家出版社

《吉狄马加演讲集》 2011 四川文艺出版社

《为土地和生命而写作——吉狄马加访谈及随笔集》 2011 青海人民出版社

《吉狄马加的诗》 2012（补充版） 四川文艺出版社

《身份》 2013 江苏文艺出版社

《诗歌集》 2013 江苏文艺出版社

《火焰与词语》 2013 外语教学与研究出版社

《为土地和生命而写作——吉狄马加演讲集》 2013 外语教学与研究出版社

《我，雪豹……》 2014 外语教学与研究出版社

《从雪豹到马雅可夫斯基》 2016 长江文艺出版社

二、国外部分（共47本）

意大利文版诗集《天涯海角》（外文名：《DoveFinisce-LaTerra》） 2005 罗马 LeImprontedegliUccelli 伊姆普罗特出版社

保加利亚文版诗集《“睡”的和弦》（外文名：《акордн-асъня》） 2005 保加利亚国家作家出版社

马其顿文版诗集《秋天的眼睛》（外文名：《очитенаес-ента》） 2006 马其顿 Makavej 共和国斯科普里学院出版社

塞尔维亚文版诗集《吉狄马加诗歌选集》（外文名：《ПЕСМЕ》） 2006 “斯姆德雷沃诗歌之秋”国际诗歌节出版

捷克文版诗集《时间》（外文名：《Čas》） 2006 捷克 Foibos 芳博斯文化公司出版

德文版诗集《彝人之歌》（外文名：《GesangeDerYi》） 2007 德国 ProjektVerlag 波鸿项目出版社

英文版诗集《彝族》（外文名：《TheYiNationality》） 2007 英国 VoiceofChinaBroadcastingCo.Ltd. 出版社

法文版诗集《时间》（外文名：《Temps》） 2007 法国 LibrairiedeYoufeng 友丰出版社

波兰文版诗集《时间》（外文名：《MagicznaZiemia》） 2007 波兰 WydawnictwoAdamMarszalek 埃德玛萨雷克出版社

西班牙文诗集《时间》（外文名：《Tiempo》） 2008 委内瑞拉 LaCastalia 卡斯塔利亚出版社

韩文版诗集《时间》（外文名：《시간》） 2009 韩国 홍정선김수영文学与知性出版社

西班牙文版诗集《时间》（外文名：《Tiempo》） 2011 阿根廷 ProaAmerianEditores 船头出版社

西班牙文版诗集《火焰与词语》（外文名：《Palabrasde-Fuego》） 2013 哥伦比亚 CorporaciodeArteyPoesiaPrometeo 梅德林艺术诗歌出版社

俄文版诗集《时间》（外文名：《время》） 2013 俄罗斯 Гиперион 圣彼得堡吉彼里昂出版社

英文版诗集《黑色狂想曲》（外文名：《Rhapsodyin-Black》） 2014 美国 UniversityofOklahomaPress 奥克拉荷马大学出版社

俄文版诗集《黑色狂想曲》（外文名：《Чёрнаярапсодия》） 2014 俄罗斯 Объединённоегуманитарноеиздательство 联合人文出版社

西班牙文版演讲集《为土地和生命而写作——吉狄马加演讲集》（外文名：《EnElNombredelaTierraydelaVida》） 2014 哥伦比亚 CorporationofArtandPoetryPrometeo 梅德林艺术诗歌出版社

意大利文版演讲集《为土地和生命而写作——吉狄马加演讲集》（外文名：《ScrittiperlaTerraeperlaVita--Discor-sisceltì》） 2014 意大利 LIBRERIAORIENTALIA（东方）出

版社

法文版诗集《火焰与词语》(外文名:《ParolesdeFeu》) 2014 加拿大魁北克MEMOIRED’ENCRIERINC.墨盒的记忆出版社

罗马尼亚文版诗集《火焰与词语》(外文名:《FlacarasiCuvant》) 2014 罗马尼亚THEEUROPEANIDEACULTURALFOUNDATION东方思想出版社

阿拉伯文版诗集《火焰与词语》(外文名:بيهل تاملكو ران) 2014 黎巴嫩DARAL-SAQI阿尔萨奇出版社

塞尔维亚语版诗集《火焰与词语》(外文名:RijeciVatre) 2014 波黑布尔齐科区文学俱乐部

英文版诗集《群山的影子》(外文名:《ShadeofourMountainRange》) 2014 南非乌卢鲁设计出版公司

英文版演讲集《诗歌——见证和推动中国文化复兴的工具》(外文名:《Poetry-ToolandWitnesstoChina’sRenaissance》) 2014 南非UHURUDESIGNSTUDIO(PTY)LTD乌卢鲁设计出版公司

孟加拉文版诗集《火焰与词语》(外文名:আগুনের অক্ষর) 2015 印度NayaUdyog出版社

罗马尼亚文版演讲集《为土地和生命而写作——吉狄马加演讲集》(外文名:《InNumelePamantuluiSialVietii》) 2015 罗马尼亚THEEUROPEANIDEACULTURALFOUNDATION欧洲思想出版社

西班牙文拉美版诗集《火焰与词语》(外文名:《PalabrasdeFuego》） 2015 古巴 ColleccionSurEditores 出版社

德文版演讲集《为土地和生命而写作——吉狄马加演讲集》（外文名：《ImNamenVonLandUndLeben》） 2015 奥地利 Lockerverlag 出版社

德文版诗集《火焰与词语》（外文名：《WorteDesFeuers》） 2015 奥地利 Lockerverlag 出版社

希腊文版诗集《火焰与词语》（外文名：Λόγια τηςφωτιάς） 2015 希腊 SocietyofDekata 出版社

意大利文版诗集《身份》（外文名：《Identica》） 2015 意大利 EditoriRiuniti 出版社

亚美尼亚文版《火焰与词语》（外文名：ՀՐԵՂԵՆ ԽՈՍՔԵՐ） 2015 亚美尼亚 VogiNairi 文学艺术中心出版社 此诗集曾获亚美尼亚文学协会 2015 年最佳诗歌翻译奖

法文版演讲集《为土地和生命而写作》（外文名：《AuNom-delaTerreetdelaVie》） 2015 加拿大魁北克 Mémoired'Encrier 墨盒的记忆出版社

土耳其文版诗集《火焰与词语》（外文名：《Gokveyerar-asinda》） 2015 土耳其 TEKİNYAYINDAĞITIM 出版社

波兰文版诗集《火焰与词语》（外文名：StowaiPtomie-nie） 2015 波兰 DIALOG 出版社

西班牙文版诗集《火焰与词语》（外文名：《Palabras-deFuego》） 2015 西班牙 ValparaísoEdiciones 出版社

塞尔维亚文版演讲集《为土地和生命而写作》（外文名：《UImeZemljeZivota》） 2015 波黑 KnjizevniKlubBrcko 出

版社

斯瓦西里文版诗集《火焰与词语》(外文名:《ManenoY-MotoKutokaChina》) 2015 肯尼亚 TwawezaCommunication-sLtd 出版社

英文版诗集《我，雪豹…》(外文名:《ISnowLeopard》) 2016 美国 ManoaBooks 夏威夷乌诺阿出版社、莱昂艺术家工作坊

捷克文版诗集《火焰与词语》(外文名:《SlovavPlamenech》) 2016 捷克 DAUPHIN 王储出版社

波兰文版诗集《永恒的仪式》(外文名:《RytyWiecznosci》) 2016 波兰 LIBRARYOFTEMAT 特玛特图书图书公司

希伯来文版诗集《黑色狂想曲》(外文名: הידוספר רוחשב) 2016 以色列 PardesPublishing 帕尔德斯出版社

爱沙尼亚文版诗集《时间》(外文名:《Aeg》) 2016 爱沙尼亚 ArsOrientalis 东方出版社

克罗地亚文版诗集《黑色狂想曲》(外文名:《Rapsodi-iauCrnom》) 2016 克罗地亚 Durieux 出版社

英文版诗集《身份》(外文名: Identity) 2016 英国 AuroraPublishing 奥罗拉出版股份有限公司

加利西亚文版诗集《黑色狂想曲》(外文名:《Rapsodi-aenNegro》) 2016 西班牙 EditorialGalaxia 出版社

罗马尼亚文诗集《天堂的颜色》(外文名:《CuloareaPar-adisului》) 2016 罗马尼亚 THEEUROPEANIDEACULTUR-ALFOUNDATION 出版社

附录二：主要获奖目录

1985 年，组诗《自画像及其它》获中国第二届民族文学诗歌一等奖

1986 年，《猎人的世界》获 1984-1985 年度《星星》诗歌创作奖

1988 年，诗集《初恋的歌》获中国第三届新诗（诗集）奖

1988 年，组诗《吉狄马加诗十二首》获中国四川省文学奖

1988 年，诗集《初恋的歌》获郭沫若文学奖荣誉奖

1988 年，组诗《自画像及其它》获郭沫若文学奖荣誉奖

1989 年，组诗《一个彝人的梦想》获中国作家协会《民族文学》“山丹”奖

1992 年，《罗马的太阳》获首届四川省少数民族优秀文学作品奖

1993 年，诗集《一个彝人的梦想》获中国第四届民族文学诗集奖

1994 年，获庄重文文学奖

2006 年，被俄罗斯作家协会授予肖洛霍夫文学纪念奖章和证书

2006 年，保加利亚作家协会为表彰他在诗歌领域的杰出贡献，特别颁发证书

2008 年，获得国际自然电影电视节组织颁发的“胜象奖”

2011年，获《诗歌月刊》年度诗人奖

2011年，在北京召开的“全球视野下的诗人吉狄马加学术研讨会”上被波兰华沙之秋诗歌节授予荣誉证书

2012年，获柔刚诗歌奖成就奖

2012年，应塞萨尔·巴列霍诞辰一百二十周年纪念活动邀请，由秘鲁特鲁西略大学授予荣誉证书及奖章

2014年，获彝族诗歌终身成就奖

2014年，获南非姆基瓦人道主义奖

2014年，长诗《我，雪豹……》获《人民文学》年度奖

2015年，获第十六届国际华人诗人笔会“诗魂金奖”

2016年，获2016欧洲诗歌与艺术荷马奖

2016年，获2016年度《十月》诗歌奖

2016年，获2016年度“李杜诗歌奖”

2016年，获罗马尼亚《当代人》杂志“卓越诗人奖”

2016年，获罗马尼亚布加勒斯特作家协会“诗歌奖”